PETER BESSER

AF191713

# Dresden

# Drei-Kaiser-Hof

\* \* \*

Namen und Personen sind frei erfunden.
Ähnlichkeiten mit Lebenden oder Verstorbenen sind
rein zufällig und nicht beabsichtigt.

Impressum
© PETER BESSER
Dresden – Drei-Kaiser-Hof
1. Auflage 2009
Einband- und Textgestaltung: Wolfgang Hennig
Karte Rückseite: Stadtplan von Dresden;
Abdruck erfolgte mit freundlicher Unterstützung
des Falk Verlages Ostfildern
Herstellung und Verlag:
Books on Demand GmbH; Norderstedt
Alle Rechte liegen beim Autor
ISBN 978-3-8370-2324-4

# I

»Alles Scheiße!« Mit diesen Gedanken ging Benni auf die Fahrbahn los. Aus seinen Augenwinkeln sah er das rote Ampelmännchen mit den ausgebreiteten Armen, welches versuchte, ihm den Weg zu verstellen. Bis zur Straßenmitte ging alles gut. Doch dann querte in zügiger Fahrt ein Kleintransporter, Gas gebend - er wollte noch bei Gelb über die Kreuzung - Bennis Weg. Er war nicht eben langsam, aber auch kein Raser... . Die Polizisten schickten den Krankenwagen wieder weg, nachdem der herbeigerufene Notarzt mit verneinendem Kopfschütteln den Tod festgestellt hatte. Alle warteten auf den schwarzlackierten Kombi mit den diskret verhängten Fensterscheiben. A l l e , dass waren vor allem seine Freunde vom Imbissstand. Erschrocken waren sie aufgestanden, als die Bremsen quietschten und Benni reglos liegen blieb. Nathalie hatte per Handy die Polizei verständigt. Jetzt lehnte sie sich an ihre Freundin Conni und ließ ihren Tränen freien Lauf. Auch Conni, in ihrem Wesen etwas robuster veranlagt, hatte feuchte Augen. Die Männer machten betretene Gesichter. Einige hielten, Trost suchend, sich an ihren Bierflaschen fest.
»Er wollte sterben«, meinte leise Prinz Feldschlösschen, kurz Prinz genannt. Alle schauten zu ihm hin. Mit ihm hatte Benni zuletzt zusammen gesessen. Prinz, eigentlich Friedemann Feldmann, bekam den Namen Feldschlösschen in Anerkennung für seine Vorliebe für die Biersorte gleichen Namens. Den Prinzentitel hatte man ihn auf Grund seiner Frisur verliehen. Er trug sein graues strähniges Haar lang bis auf die Schultern. Ein mächtiger Schnauzbart vervollkommnete seine Visionomie. Kurzum, eine gewisse Außenseiterrolle war ihm gewiss.

Inzwischen hatte der Leichenwagen Benni abgeholt. Seine Freunde setzten sich erneut zusammen und diskutierten das Geschehene. Den beiden Mädchen war der Appetit auf Bier vergangen. Sie hielten zwei große Plasteflaschen mit gelber Limonade in den Händen, aus denen sie ab und zu ein wenig tranken.

Da man bei Benni keine Papiere gefunden hatte, fragte die Polizei bei seinen Freunden vom Imbissstand. Soweit man ihn kannte, gab man Auskunft. Sein Familienname kannte niemand. Nur das er Berndt hieß und irgendwo zwischen Altlöbtau und Wernerplatz wohnte. Die Frage nach Angehörigen konnte auch keiner beantworten. Die Polizisten bedankten sich und fuhren ab. Das Ganze hatte gerade einmal eine Stunde gedauert. Auf der Tharandter Straße rollte wieder der Verkehr wie bisher. Nur in den örtlichen Abendnachrichten wurde der tödliche Unfall noch einmal erwähnt. Auch, dass die Identität des Toten noch unklar sei, teilte man der Öffentlichkeit mit. Neue Stamm- und andere Gäste trafen ein und wurden über Bennis vermutlichen Selbstmord informiert. Nathalie und Conni hatten keine Lust mehr und waren gegangen. Allmählich hob sich der Stimmungspegel, insbesondere bei denen, die den Verunglückten nicht persönlich kannten und den Unfallhergang nicht selbst mitbekommen hatten.

Auch Friedrich von Thurmbach hatte von seinem Fenster das Unfallgeschehen beobachtet. Die Imbissstube mit ihrem Klientel übte überhaupt eine gewisse Faszination auf ihn aus. Obwohl er es eigentlich nicht wahrhaben wollte, nutzte er manch freie Minute, um hinüber zu schauen. Von seinem Bürofenster im fünften Stock seiner Anwaltskanzlei hatte er einen guten Überblick. Einmal, es lag vielleicht vierzehn Tage zurück, hatte eine junge Frau, als sie ihn am offenen Fenster stehen sah, ein Kusshändchen zugepustet. Zu seinen Klienten zählten die dort Einkehrenden wahrlich nicht. Er vertrat Mittelständler bei Verträgen, half Ehen zu scheiden und löste Unterhaltsprobleme. Obwohl finanzielle Auseinandersetzungen hin und wieder vor dem Staatsanwalt endeten, waren es doch mehrheitlich Zivilprozesse, mit denen er sein Geld verdiente. Während er noch in seinen Gedanken über die Vergänglichkeit des Lebens nachdachte (er hatte gesehen, wie man den Verunglückten abdeckte), gerieten zwei junge Frauen auf der anderen Straßenseite in sein Blickfeld. In der Kleineren erkannte er jene wieder, die ihm damals mit ihrer Geste leicht schockiert hatte. Sie schaute hoch und winkte. Ihre Geste hatte etwas Deprimierendes an sich. Von Thumbach verstand. Auch ihr war der Tod nahe gegangen.

Am nächsten Tag entschloss sich der Anwalt, nachdem es bereits Nachmittag geworden war und im Gericht keine Zeit für das Mittagessen blieb, eine Currywurst an diesem Imbissstand zu verzehren. Die meisten Stammkunden trudelten erst so gegen vier Uhr am Nachmittag ein. Bis dahin stellten Laufkundschaft, Berufstätige und Einkaufsbummler die Mehrheit der Gäste. Nachdem er sein Essen in Empfang genommen hatte, biss er gewohnheitsmäßig zuerst in das Brötchen und dann erst in die Wurst. Diese Reihenfolge hielt er strikt ein, egal ob bei Bock-, Brat- oder Weißwurst. »Na, schmeckt es? Lass mich mal kosten!« Mit diesen Worten trat Nathalie an ihn heran. Als er zögerte, griff sie zum Plastemesser und hielt es ihm auffordernd vor die Nase. Wortlos sägte er ein Stück von seiner Wurst ab. Nathalie griff mit den Fingern zu, schob sich das Stück in den Mund und sagte:

»Danke, schmeckt gut! Spendierst du mir auch eine?«
Der Anwalt schaute hoch und hob die Augenbrauen. Er
betrachtete sich die junge Frau genauer, die er bisher nur
von seinem Fenster aus gesehen hatte. Der Typ eines
Fotomodells war sie nicht und trotzdem, ihre direkte Art
hatte etwas anziehendes, was ihn verunsicherte und
zugleich faszinierte. Er hatte so etwas bisher noch nicht
kennen gelernt. Frauen aus seiner Umgebung benahmen
sich anders. Von den Grübeleien ihres Gegen über völlig
unbeeindruckt, holte sie einen Plastebecher und füllte
ihn halbvoll mit Bier aus ihrer Flasche. »Da, trink!«,
sagte sie zu ihm. Es war ihr Dankeschön für den spen-
dierten Wurstzipfel. Mit einem kurzen »Prost« bedankte
er sich.

Als sie ihm ihren Vornamen nannte und nach seinem
fragte, kam das »Friedrich« etwas stockend und leise
heraus. Er war froh, dass sie ihn nicht nach seinem voll-
en Namen gefragt hatte. Er konnte sich nicht vorstellen,
wie sie auf seinen Adelstitel reagiert hätte. Ihre Frage:
»Was machst du denn so?«, beantwortete er wahrheitsgemäß. Und ehe er es sich selbst bewusst wurde, fing er
an, von seinen Problemen und Sorgen zu erzählen.
Nathalie hörte zu und ließ ihn reden. Es war nicht nur
Höflichkeit und Anteilnahme, die sie schweigen ließ.
Seine Welt hatte für sie etwas Exotisches an sich. Was er
als beklemmend schilderte, empfand sie als spannend.
Während er erzählte, ist es nicht bei dem halben Becher
Bier geblieben. Friedrich war kein Abstinenzler und als
Angehöriger einer Verbindung war für ihn der eimerwei-
se Genuss von Bier nichts Ungewohntes. Ungewohnt
waren lediglich Zeit und Ort sowie die Gesellschaft, in
der er sich befand. Je mehr er trank, desto vertrauter
wurde ihm alles und die anfängliche Scheu vor dieser

Frau war gewichen. »Besuche mich doch einmal in meiner Kanzlei!«, forderte er sie nach zwei Stunden auf. »Mache ich!«, entgegnete Nathalie und gab ihm einen Kuss auf den Mund. Dann ging sie. Als er leicht wankend die Straße zu seiner Kanzlei überquerte, ertappte er sich bei dem Gedanken, mit Nathalie auf seiner Couch im Büro zu schlafen. Doch dann gab er sich einen Ruck. Schließlich war er verheiratet. Für ihn als Jurist war die Ehe nicht nur eine emotionale Bindung an eine Frau, sondern auch eine Institution, die man nicht leichtfertig zu gefährden habe. Seine Scheidungsprozesse führten ihn sehr deutlich vor Augen, welch einschneidende Konsequenzen sich aus einer Trennung für beide Partner ergaben. Im Fahrstuhl ertappte er sich dabei, wie er Gilbert Bécauds *Nathalie* pfiff.

## II

Etwas verloren schaukelte die Ampel im Wind über der Straßenkreuzung. Nach allen vier Himmelsrichtungen richtete sie abwechselnd ihr rotes, gelbes und grünes Licht. Die bunten Scheiben waren glatt. Lediglich ein Parabolspiegel hinter den Glühlampen sammelte das trübe Licht und ließ es heller erstrahlen. Farbige Streuscheiben waren damals, nach dem Krieg, noch nicht üblich. Eine einzelne Ampel für eine relativ stark befahrene Kreuzung wäre heute undenkbar. Dort, wo die Kesselsdorfer Straße auf die Tharandter Straße trifft; diese Kreuzung in Löbtau nennen die Dresdner »Drei-Kaiser-Hof«. (Die Bezeichnung »Drei- Kaiser-Hof« ist in keinem Straßenverzeichnis zu finden.) Das Leben pulsierte wie an jedem Nachmittag im Berufsverkehr. Der Drei-

Kaiser-Hof ist eine der belebtesten Kreuzungen in Dresden. Nicht nur Autos und Fuhrwerke kreuzen und begegnen sich, auch drei Straßenbahnlinien passieren diesen Ort. (Auf der Tharandter Straße fuhr damals noch die Linie 12 nach Hainsberg.) Frank wartete auf seinen Vater. Er hat sich neben das Häuschen gestellt, aus dem heraus die Verkehrsampel von Hand geschaltet wird. Eine junge Polizistin in ihrer blauen Uniform regelte von hier aus den Verkehr auf der Kreuzung. Damit sie einen besseren Überblick hat, war das Häuschen in etwa zwei Meter Höhe angebracht. Eine kleine Treppe führte hinauf. Das Türchen hatte die Polizistin offen gelassen. Frank kann so das kleine Schaltpult mit den farbigen Lämpchen sehen. Plötzlich ertönte ein kreischendes Geräusch. Mitten auf der Kreuzung brach bei einem Lastwagen die Hinterachse und die Ladefläche sackt nach unten weg. Ob aus Altersschwäche oder Überladung, die Ursache des Unfalls war letztlich gleichgültig. Die Polizistin erschrak und schaltet geistesgegenwärtig alle vier Richtungen auf Rot. In der gerade aus der Stadt kommenden Straßenbahn ist auch Franks Vater. Viele der Aussteiger blieben stehen und guckten. Nachdem der Vater, von seinem aufgeregten Söhnchen umfassend über das Geschehene informiert, den Schaden besehen hatte, meinte er nur: »Das kann dauern. Da muss die Feuerwehr kommen, so lange können wir nicht warten«.
Frank ist enttäuscht. Er hätte so gerne auf die Feuerwehr gewartet! Sie gingen ein Stück in die Kesselsdorfer Straße hinein. Vor einem mehrstöckigen unzerstörten Haus bleiben sie stehen. Das Erdgeschoss ist hell erleuchtet. Menschen strömten herein und heraus. Den Jungen langsam vor sich her schiebend, erreichen sie das Innere des Ladens. Es riecht dumpf nach Essen. Eigentlich steht

nur ein Gericht auf der Speisekarte: markenfreie Bockwurst mit einer Semmel und Senf. *HO-Bockwurst* ist der Renner, der die Menschen magisch anzieht. Auch Frank freut sich auf eine solche. Der Preis dafür ist horrend: drei Mark für eine Wurst, eine Semmel und einen Klecks Senf auf einem Pappteller. Für manche, die hier genussvoll kauen, entspricht der Preis einem Prozent ihres Monatslohnes. Obwohl Franks Vater als Ingenieur eher zu den Besserverdienenden gehört, schüttelt er jedes Mal deprimierend seinen Kopf, wenn er den Preis liest. Das neue Geld ist gerade ein halbes Jahr im Umlauf. Wie auch im anderen Teil Deutschlands heißt es »Deutsche Mark« und hat die durch den Krieg entwertete Reichsmark abgelöst. Ihre Herausgeber haben das Bargeld politisch äußerlich neutral gehalten: keine Portraits zieren die neuen Scheine. Aus Mangel an geeignetem Metall gibt es sogar einen Fünfzig-Pfennigschein. Die Schieber beiderlei Geschlechts, die noch vor einigen Wochen zum Straßenbild gehörten, waren verschwunden. Solange auf der Kreuzung der Verkehr geregelt wurde, hatten sie sich in die Seitenstraßen oder an die Ruine der Friedenskirche zurückgezogen. Doch sobald die Ampel wegen des nachlassenden Verkehrs abgeschaltet wurde und die Polizisten abgezogen waren, füllte sich auch der Drei-Kaiser-Hof wieder mit den Schwarzhändlern. Franks Vater hatte auch hin und wieder versucht Obst aus dem Garten gegen gute Agfa-Filme einzutauschen. Sein Fotoapparat hatte den Krieg heil überstanden. Aber ohne Filme nützte einem der beste Apparat nichts. Einen Film hatte er auf diese Weise erworben und geizte nun mit jedem Bild. Musste er doch mindestens ein Jahr bis zur nächsten Obsternte warten. Frank kaut mit gutem Appetit. Als ihm Vater zum Nachtisch noch einen Stundenlutscher kauft, ist er der glücklichste Junge. Am Nachbartisch steht eine Frau und weint. Sie vermisst einen Zwanzig-Markschein. Es ist ihr letztes Geld, wie sie den Umstehenden gesteht. Und heute ist erst der Siebzehnte. Wie sie das ihrem Manne beibringen soll, weiß sie nicht. Frank ist betroffen. Er freut sich, während neben ihm jemand unglücklich ist. Das Ereignis hate sich tief in ihm eingegraben. Als Franks Portemonnaie viele Jahre später auf dem Rummel Taschendieben zum Opfer fiel und zwölf Mark Taschengeld weg waren, musste er wieder an die Frau denken. Er war zwar wütend, aber nach Weinen war ihm nicht zumute. Er konnte sich auch nicht vorstellen, bei zwanzig Mark in Tränen auszubrechen, zumal dieser Betrag nicht mehr diese Bedeutung wie damals hatte.

## III

Nathalie gefiel dieser Friedrich, zumal er offensichtlich gut dastand. Ein Mann mit Anzug und Krawatte verirrte sich sonst kaum hierher und wer in dem neuen Bürokomplex arbeitete, musste gutes Geld verdienen. »Er heißt Friedrich und hat mich zu sich eingeladen«, meinte sie gegenüber ihrer Freundin Conni und zeigte dabei auf das gegenüberliegende, dunkelrot getünchte Haus. «Lass das, du weißt, dass du noch in der Sperrfrist bist! Willst du wieder in den Knast, dieses Mal wegen Körperverletzung?« Nathalie musste lachen: »Seit wann ist Ficken Körperverletzung?« Dabei wusste sie genau, worauf ihre Freundin anspielte. Man hatte sie erst vor wenigen Tagen aus dem Krankenhaus entlassen, wo sie sich einer Geschlechtskrankheit wegen in Behandlung befand und ihr eine Karenzzeit auferlegt, deren Verletzung strafrechtliche Folgen nach sich ziehen könnte.

»Nächste Woche habe ich wieder meine Tage, da kann sowieso nichts passieren und bis zum nächsten Mal ist die Karenzzeit abgelaufen«, erwiderte Nathalie auf die Vorwürfe ihrer Freundin. Beide rauchten schweigend. »Wenn er mir meine Wohnung bezahlt, würde ich ihm treu sein. Dann können die hier mir alle mal im Mondschein begegnen.« Dabei machte Nathalie mit der Zigarette in der Hand eine umfassende Geste. In völliger Verkennung dieser Armbewegung grüßte einer der männlichen Gäste rülpsend zurück, was ihm den Titel »Idiot« einbrachte. Nathalie spürte, dass ihre Freundin sich für die Strategie, einen finanziell potenten Freund zuzulegen, nicht so richtig begeistern konnte und eher bemüht war, ihr das Vorhaben auszureden. War es Neid? Nathalie hatte es bisher in keiner Beziehung länger als ein halbes Jahr ausgehalten, wenn man einmal von ihrer Schülerliebe absah, die das ganze zehnte Schuljahr überdauert hatte. Vielleicht war es das Zerwürfnis mit Jochen, ihrer ersten großen Liebe, dass sie es noch nicht wieder geschafft hatte. Er war nach der Schule ins Ausland gegangen, um dort einen Beruf zu erlernen. Anfangs kam noch jede Woche mindestens ein Brief. Trotz der hohen Gebühren für Auslandsgespräche telefonierten sie mindestens zweimal in der Woche miteinander. Doch das Wiedersehen zu Weihnachten fiel wesentlich kühler aus, als sie es erwartet hatte. Die vier Monate hatten Jochen verändert. Er war ein Weltbürger geworden, wie er sich selbst etwas hochtrabend bezeichnete. Obwohl sie ihn noch auf den Flughafen begleitete und sie sich mit einem filmreifen Kuss verabschiedeten, spürten beide, das man »Lebe wohl!« meinte als man »Auf Wiedersehen« sagte. Sie hatte dann nichts mehr von ihm gehört. Der Alltag hier zu Lande und all die (nicht bewältigten) Probleme mit der Ausbildung und neuen Bekanntschaften hatten sie zu dem werden lassen was sie heute war: eine junge Frau ohne Perspektive mit einem Alkoholproblem, deren Lebensmittelpunkt diese Trinkhalle war. Conni hatte einen Ehemann. Gegenwärtig befand er sich jedoch in Haft. Das war auch der Grund dafür, dass sie wieder Zeit für Nathalie hatte und mit ihr gemeinsam herumzog. Auf Nathalies direkte Frage, warum sie sich denn keinen wohlhabenden Freund suchen solle und ob sie deshalb neidisch wäre auf diese Verbindung, gestand ihr Conni freimütig, dass sie neidisch auf sie sei. Ihr Gustaf war ihre erste große Liebe - g e w e s e n . Gustaf heißt mit richtigem Namen Jewgeni Lawerow und war ein desertierter russischer Sergant.

Damals, der Abzug der russischen Truppen stand kurz bevor, hatte sie ihn, die Siebzehnjährige, zufällig auf dem Dachboden ihres Hauses entdeckt. Ihre Größe, aber vor allem ihre Fülle bewirkte, dass sich die Jungs nur wenig aus ihr machten. Während die anderen Mädchen von erlebten oder erdachten Affären mit Jungs zu berichten wussten und einige, wie Nathalie, einen festen Freund hatten, war sie solo. Da saß dieser Mann vor ihr auf dem Gerümpel und nahm sie offensichtlich als Mensch ernst. Er war geflohen, um nicht mit nach Russland zurück zu müssen. Sie trafen sich öfters hier oben auf dem Boden. Irgendwie erinnerte sie das an einen alten Film aus den fünfziger Jahren, der kürzlich im Nachmittagsprogramm des Fernsehens zu sehen war. *Das Wirtshaus im Spessart* hieß dieses Lustspiel. So wie der Räuberhauptmann auf dem Dachboden des Schlossturmes, so hockte Jewgeni vor ihr auf dem Gerümpel und machte ihr eine Liebeserklärung. Sie war zwar nicht so hübsch wie die Komtess

v. Sandau alias Liselotte Pulver, aber ihre Liebe zu ihm war genau so groß, wie die der Komtess. Es blieb nicht bei Erklärungen. Ein halbes Jahr später heirateten sie. Für ihn war es eine Existenzfrage, mit einer deutschen Frau verheiratet zu sein. Heute im Nachhinein betrachtete sie es als Fehler, dem ersten Besten ihr Jawort gegeben zu haben. Aus Jewgeni wurde geringschätzig Gustaf. Diesen Spitznamen hatten ihm seine Zellengenossen verpasst, als er vor einem Jahr schon einmal einsaß.

Taktvoll wechselte Nathalie das Thema: »Hast du es schon gehört? Bei Benni haben sie altes Geld, lauter Hundertmarkscheine, gefunden. Den Themenwechsel, weg von unerfreulichen Beziehungskrisen, griff Conni dankbar auf, zumal Bennis Tod nach wie vor Gesprächsstoff war. Der Geldfund fachte das Feuer der Spekulationen um seinen Tod neu an. Prinz Feldschlösschen wollte gehört haben, dass es etwa einhunderttausend Mark gewesen seien, die man gefunden hatte. »Richtig, M a r k scheine, keine D-Mark haben sie gefunden«, entgegnete ein anderer und betonte dabei das Wörtchen Mark. Alle machten traurige Gesichter bei dem Gedanken, dass Benni das viele Geld hatte verfallen lassen. Einer rechnete vor, dass man für hunderttausend Ostmark als Neubundesbürger bestimmt dreißigtausend D-Mark, beziehungsweise knapp fünfzehntausend Euro bekommen hätte. Die meisten Gäste hier lebten von Arbeitslosenunterstützung, niedrigen Renten oder Gelegenheitsarbeiten. Tausendmarkscheine oder den neuen Fünfhundert-Euroschein kannten sie nur von Abbildungen. Entsprechend bescheiden waren ihre finanziellen Wunschträume bei dem Gedanken an die fünfzehntausend Euro.

»Ich würde mich sofort scheiden lassen und mir in Alt-

Löbtau eine kleine Mansardenwohnung einrichten«, meinte Conni seufzend. »...und dir einen neuen Mann suchen?«, hakte Nathalie nach. Conni verneinte entrüstet und warf ihrer Freundin Sexbesessenheit vor. Für sie zählten andere Werte. »Ehe ich mir einen neuen Kerl zulege, würde ich erst einmal die Sorte wechseln!« Dabei hob sie ihre Bierflasche und schwenkte sie verächtlich. Nathalie lachte und machte spontan den Vorschlag, auf *Staropramen* umzusteigen, weil böhmische Biere so schön mild und etwas süß seien. Dabei fuhr sie sich unbewusst mit der Zunge über die Lippen. Nathalies Handy klingelte. Mit einem »Ich muss los«, verabschiedete sie sich von ihrer Freundin. Conni holte sich noch ein Bier und setzte sich zu den anderen. Die Männer sprachen gerade einmal wieder über Autos, die sie nie fahren werden.

Friedemann von Thurmbach öffnete persönlich die Tür für Nathalie. Normalerweise übernimmt das sonst seine Sekretärin. Sie macht das nicht persönlich. Sie betätigt nur den elektrischen Türöffner, nachdem sie sich über die Wechselsprechanlage erkundigt hat. Der Anwalt hatte sein Jackett abgelegt, den obersten Knopf seines Hemdes geöffnet und die Ärmel eine halbe Unterarmlänge aufgerollt. Die Krawatte behielt er um. Er liebte es, wenn Frauen an seiner Krawatte herumzupften. Auch Nathalie sollte Gelegenheit dazu bekommen. Er lachte während er sie herein ließ. Einmal aus Höflichkeit, aus Freude über ihr Kommen und nicht zuletzt über den Fall, den er gerade bearbeitete. Etwas ehrfurchtsvoll betrat die junge Frau die Räume, in denen die Gerechtigkeit residierte. Als sie ihn als juristische Person betitelte, korrigierte er sie sanft: »Ich bin Jurist, ansonsten bin ich eine natürliche Person wie du auch.« Er verzichtete darauf, ihr zu erklären, was eine juristische Person sei. Dafür versprach er ihr, von einem lustigen Fall zu erzählen. Auf dem Kaffeetisch brannte eine Kerze und der Kuchenteller sah auch appetitlich aus. In das Gluckern der Kaffeemaschine mischten sich die Klänge des Boleros. »Der Mann scheint zu wissen, was Frauen gefällt«, dachte Nathalie, obwohl dieses Ambiente keinen großen Eindruck auf sie machte. Trotzdem musste sie aufpassen, eingedenk der Auflagen bezüglich sexueller Enthaltsamkeit, die ihr das Krankenhaus auferlegt hatte. Sie vermied deshalb alles, was ihren Gastgeber ermuntern könnte, intim zu werden. Aber Friedemann schien anderes im Sinn zu haben. Während er eingoss, erzählte er von seinem letzten Fall:

»In einem Einfamilienhäuschen lebte einst ein älteres kinderloses Ehepaar. Um ihre Haushaltkasse etwas aufzubessern, hatten sie die Einliegerwohnung an eine junge Frau Anfang dreißig vermietet. Im Lauf der Jahre wurde die Frau zweimal schwanger und entband zweier munterer Knaben. Von einem Kindesvater war weit und breit nichts zu sehen. Speziell die Ehefrau ärgerte sich über die Unruhe, die die beiden Jungen ins Haus brachten und sie ärgerte sich auch darüber, dass ihr Mann das Treiben der beiden offensichtlich tolerierte. Die Forderung der Frau gegen die Person und ihre zwei Knaben eine Räumungsklage zu erwirken, falls sie nicht bereit sei freiwillig auszuziehen, lehnte ihr Mann strikt ab. Als dieser, noch keine sechzig Jahre alt, starb, waren die Söhne zwölf und zehn Jahre alt und es wurde langsam eng in der kleinen Wohnung. Nun hielt die Witwe ihre Zeit für eine Räumungsklage gekommen, nachdem die Untermieterin ihre Aufforderung auszuziehen, nicht nachgekommen war. Anstelle – es war der Gipfel der Unverfrorenheit – wurde s i e aufgefordert des Haus zu räumen. Schließlich hat eine Mutter mit zwei Söhnen mehr Anspruch auf Wohnraum, als eine alleinstehende Witwe. Die alte Dame zog vor Gericht. Die Mutter auch. Vor Gericht erklärte sie, dass der Verstorbene der Vater ihrer beiden Kinder sei und sie das Recht hätten, ihr Erbe anzutreten. Die Vaterschaftsanerkennung durch den Erblasser legte sie vor.«

Friedrich machte eine Pause und schob sich ein Stück Streuselkuchen in den Mund. Dann fragte er, wie Nathalie als Richterin entscheiden würde und fügte hinzu: »Ich vertrete übrigens die Mutter vor Gericht.« Nathalie rückte spontan an ihn heran und meinte: »Wenn du die alte Vettel vertreten hättest, wäre ich jetzt gegangen!« Sie blieb und stellte erleichtert fest, dass ihr Gastgeber keine Anstalten machte, ihr »an die Wäsche zu gehen«, wie sie es in Gedanken auszudrücken pflegte.

Nach zwei Wochen rief Nathalie bei Friedrich (sie nannte in kurz und schmerzlos »Fritz«) an und fragte, ob er Zeit für sie habe. Sie hatte sich schick gemacht: Ein ausgeschnittener roter Pullover, weißer Minirock und halb hohe Absatzschuhe hatte sie für das heutige Rendezvous gewählt. Auf Connis Rat hin hat sie auf den knallroten Lippenstift verzichtet und einen Stift mit einem leichten Braunton gewählt. Ihre Freundin hatte sie vor einem zu aufdringlichen Aussehen gewarnt.

»Es gibt Männer, die lieben Frauen, die wie Nutten aussehen. Andere lieben Nutten, die wie Frauen aussehen. Dein Fritz gehört eher zu der zweiten Kategorie«, meinte Conni. Nathalies Protest, dass sie sich keineswegs als Nutte fühle, ignorierte die Freundin mit einer wegwerfenden Handbewegung und sagte nur: »Wart's ab!«

16

Der Anwalt öffnete die Tür und war verblüfft: »Ich erkenne dich nicht wieder Nathalie! Einfach superb«, dabei nahm sie in die Arme und streichelte ihren Körper, als wolle er sich überzeugen, dass das alles echt sei, was er da sah. Das Conni offensichtlich gar nicht so falsch lag bei ihrer Einschätzung, dachte sie und schob ihn, nachdem er sich erst einmal an ihr ausgetobt hatte, sanft zurück: »Du, ich muss dir was erzählen.« Dann kam sie auf ihren toten Zeitgenossen aus der Kneipe zu sprechen, bei dem man viel altes Geld beim Ausräumen gefunden habe. Während er den Tee eingoss – er hatte sie zum »Afternoon Tea« eingeladen, bestätigte er ihre Befürchtung, dass das Ostgeld nicht mehr eintauschbar sei und nur noch Sammlerwert besitze, der jedoch nicht unerheblich sein müsste. »Die zweitausendzwei aus dem Verkehr gezogene D-Mark kannst du unbegrenzt in Euros umtauschen. Du glaubst gar nicht, was die Leute jedes Jahr noch finden; bei sich oder verstorbenen Angehörigen. Das geht in die Millionen!«
Nachdem Fritz den Teetisch abgeräumt hatte, trat eine Verlegenheitspause ein. Kurz entschlossen setzte sich Nathalie bei ihm auf den Schoß und fragte nach dem Ausgang des Prozesses. Als er nicht wusste, worauf sie hinaus wollte, fuhr sie fort: »Ich meine den Prozess mit der Mutter und ihren zwei Söhnen gegen die, na du weist schon, alte Vettel.« Friedrich erzählte ihr, dass das Gericht dem Antrag der Kindesmutter stattgegeben und das Erbrecht der beiden außerehelich geborenen Söhne anerkannt hatte. Der Witwe steht das Wohnrecht in der Einliegerwohnung zu, da sie zu einem Drittel erbberechtigt ist. In seinem Juristendeutsch fortfahrend, erläuterte er:
»Der Verstorbene hatte weder ein Testament, noch eine

Verfügung hinterlassen. Damit tritt die gesetzliche Erbfolge ein. Im Rahmen eines Vergleiches wurde festgelegt, dass die Witwe auszieht, ihr aber von den beiden Erben ihres verstorbenen Mannes die Miete für die Einliegerwohnung zu zahlen ist.« So ungefähr hatte Nathalie verstanden und fragte ihn, ob er mit ihr schlafe möchte, jetzt und sofort. Als sie langsam seinen Gürtel öffnete, begriff Fritz, dass er sich nicht verhört hatte... .

Beim nach Hause gehen hatte sie sein Versprechen, dass er sich um eine Wohnung für sie kümmern wird.

Es war am zeitigen Nachmittag: Nathalie und Conni waren allein in der Imbissstube. Die Dartscheibe glitzerte wie ein Spinnennetz im Morgentau während der einarmige Bandit vor sich hin klimperte und dabei sein Licht, Aufmerksamkeit erheischend, kreisen ließ. Hingebungsvoll blies Conni Rauchkringel in den ungelüfteten Raum. Dann sagte sie unvermittelt:

»Fragst du mal deinen Anwalt, ob er meine Scheidung übernimmt?« Nathalie machte große fragende Augen und Conni fuhr fort, dass sie sich dazu entschlossen habe, weil sie nicht immer allein sein wolle und ein Knastologe, zu dem sich Gustav qualifiziert hatte, nicht ihrer Vorstellung von einem Manne entsprach... . »Aber sage ihm auch, dass ich kein Geld habe!«

»Lawerow zur Direktion!«, rief der Wächter in den Raum hinein, wo Gustaf gerade einen Schachkurs leitete. Früher in der Sowjetarmee hat er begonnen, Schach zu spielen und es bei kleinen Meisterschaften sogar einmal zum Regimentssieger gebracht. Nun hatte sich hier im Gefängnis ein Kreis Interessierter um ihn geschart, denen er die Kunst der vierundsechzig Felder beibrachte. Als Russe genoss er einen Vertrauensbonus. Stellten doch seine (ehemaligen) Landsleute zahlreiche Weltmeister in den letzten Jahrzehnten.

Der Direktor eröffnete ihm, dass seine Ehefrau die Scheidung eingereicht hätte und gab ihm das Schreiben des Rechtsanwaltes Friedrich v. Thurmbach zu lesen. Selbstverständlich, so sicherte ihm der Direktor zu, könne er sich auch als Strafgefangener in dem Scheidungsverfahren anwaltlich vertreten lassen. Gustaf rechnete nach. Selbst bei guter Führung muss er noch etwa zweieinhalb Jahre hier ausharren. »Ich muss sofort hier raus«, dachte er. Laut bedankte er sich für die schlechte Nachricht und mit der Bemerkung, er wolle erst einmal alles »überschlafen«, mit diesen Worten verließ er das Büro.

Viel Zeit hatte Gustaf nicht. Er entkam mit dem Wäscheauto, dass die Justizvollzugsanstalt regelmäßig versorgte, auf dem Hof der Wäscherei und konnte unbemerkt das Firmengelände verlassen. Ehe man sein Verschwinden bemerken würde, blieben ihm höchstens zwei bis drei Stunden Vorsprung. Bis dahin wollte er das Geld aus dem letzten »Bruch« bergen und mit Conni reden, besser noch, sie bitten mit ihm ins Ausland zu gehen. Er trug einen Overall der Wäscherei und – Glück muss der Mensch haben- fand er eine Zwei-Euromünze. Um das Geldversteck aufzusuchen, brauchte er nun nicht schwarz fahren, was das Risiko entdeckt zu werden, erheblich verringerte.

Conni drehte sich im Bett auf die Seite. Ihr träumte Gustafs vertrauten Atem und seinen festen Händedruck auf ihrer Brust zu spüren. Im Traum winkelte sie ihre Beine leicht an. Doch was war das? Sie erwachte. Vor Schreck wollte sie schreien, doch eine Hand hielt ihr den Mund zu und flüsterte: »Du träumst nicht, ich bin es wirklich, ich, Jewgeni.« So richtig hatte sie die Tragweite des eben Gehörten noch nicht begriffen. Vielmehr gab sie sich wohlig seinen Umarmungen hin, die sie so lange entbehren musste... . Sie saßen in der Küche beim Frühstück. Ihre Frage, wie er unbemerkt in die Wohnung gekommen sei, beantwortete er lachend, indem er sie daran erinnerte, dass sie ihre Angewohnheit, den Wohnungsschlüssel unter dem Fußabtreter zu verstecken noch nicht abgelegt habe. Es war vier Uhr morgens und noch stockdunkel. Nur eine Kerze erhellte den Raum. Es durfte kein Licht nach außen dringen, falls man bereits nach ihm suchte. Wenn man nach ihm fahndet, dann gewiss zuerst bei der Ehefrau. (Beide konnten nicht wissen, dass die Polizei von der Scheidungsabsicht der Ehefrau unterrichtet wurde und deshalb ihre Suche zuerst auf den Freundes- und Komplizenkreis des Flüchtigen konzentrierte.) Jewgeni und Conni verließen unbehelligt die Wohnung und tauchten im morgendlichen Berufsverkehr unter. Auf dem Hauptbahnhof bestiegen sie den nächsten Zug in Richtung tschechischer Grenze. Während Conni mit dem gemeinsamen Gepäck weiter ins Böhmische fahren konnte, musste Gustaf, da er keinen Ausweiß hatte, illegal die Grenze überschreiten. In Decin wollten sie sich wieder treffen. Auf der Fahrt durch die Sächsische Schweiz sprachen sie kaum ein Wort miteinander. Sie hielten sich bei den Händen und wirkten eher wie ein Ehepaar auf Hochzeitsreise und nicht wie eins, das die Scheidung eingereicht hatte. Überhaupt die Scheidung: Sie stand wie eine unsichtbare Wand zwischen ihnen. Erst als sie sich in Bad Schandau auf dem Bahnhof trennten, sagte sie zu ihm: »Viel Glück. Ich werde auf dich warten!« Gustaf hatte sie verstanden. Mit »warten« war nicht nur die Zeit in Decin gemeint, falls ihm die Flucht nicht gelingen würde.

## IV

Kriminal-Hauptkommissar Andreas Siebert aß mit Genuss seine Bockwurst. Er hatte sich diese kleine Auszeit gegönnt, um hier, am Drei-Kaiser-Hof in die Imbissstube einzukehren. Von einem der Biertische ging sein Blick in Richtung Kesselsdorfer Straße. Nein, anstellen musste er sich heute nicht mehr wie die Menschen vor sechzig Jahren nach einer markenfreien HO-Bockwurst. Er kannte die Geschichten aus der Nachkriegszeit. Opa und auch sein Vater hatten sie ihm oft genug erzählt. Offensichtlich war dieser Platz und jene Imbissstube, in der er gerade aß, auch heute noch gut für Storys und Legenden. Man hatte ihn mit der Fahndung nach einem Russen beauftragt. Lawerow bis zu seiner Verhaftung und auch seine Ehefrau waren hier Stammgäste. Doch nun sind beide verschwunden. Seit der Flucht waren zwei Tage vergangen, ohne dass man eine Spur des Mannes gefunden hatte.

»Wo würde ich als Russe hingehen, wenn ich in Deutschland aus dem Knast entsprungen wäre?«, fragte sich Andreas und kam zu dem Schluss, dass erst einmal ein anständiges Täterprofil her müsse. Während er noch so nachdachte, kam ein kleines Männchen langsam über die Straße. Ein paar andere begrüßten ihn mit »Hallo Prinz!« Nachdem er sein Feldschlösschen Bier erhalten und einen tiefen Zug aus der Flasche genommen hatte, fragte er:

»Habt ihr die Conni gesehen?« Verneinendes Kopfnicken war die Antwort. Doch dann steckten sie die Köpfe zusammen und sprachen leise weiter. Andreas konnte nichts verstehen. Während er noch überlegte, wie er näheres über das Ehepaar Lawerow erfahren könnte, trat der mit Prinz angeredete, mit einer neuen Flasche bewaffnet, an seinen Tisch und begrüßte Andreas mit den Worten: »Dich habe ich hier auch noch nicht gesehen.« Andreas bestätigte das und meinte, dass er die Conni suche, weil sie ihm noch Geld schulde. »Hat sie dich auch angepumpt?« Ohne eine Antwort abzuwarten fuhr er fort und erzählte, dass sie, seit ihr Mann wieder im Knast sitze, in Geldschwierigkeiten stecke. Dann beugte er sich zu seinem Gegenüber vor und flüsterte, dass der Gustaf, was ihr Mann sei, aus dem Knast ausgebüchst war. Andreas schüttelte ungläubig den Kopf und fragte, woher er das wisse oder ob er sich bei ihm gemeldet hätte. Der Prinz lächelte schlau in seinen Schnauzbart und meinte nur, dass man ziemlich gut über die Stammgäste Bescheid wüsste, auch wenn sie in ihrer Bewegungsfreiheit eingeschränkt seien. Mit dem Hinweis, dass es ja auch im Knast Handys gibt, beendete er das Gespräch. Andreas, der vorerst noch keine offiziellen Ermittlungen darüber führen wollte, begnügte sich mit der Antwort. So viel stand für ihn fest: Die Ermittlungen müssen im Knast beginnen. Dort scheint es Leute zu geben, die mehr wissen. Andreas zahlte und ging, nachdem ihm der Prinz seine Adresse und seinen bürgerlichen Namen verraten hatte.

Es waren wenige Reisende, die in Schmilka den Zug verließen. Die meisten Bergsteiger hatten den Zug schon früher verlassen, um die bekannten Wanderziele zu erklimmen. In Bad Schandau waren es vor allem gut gekleidete Tagestouristen, die dem Zug entstiegen. Ihre Ziele waren nicht die Berge und schwer zugängliche

Gipfel. Sie zog es in die Kuranlagen, Einkaufspassagen und Gaststätten der kleinen Stadt an der Elbe. Gustaf schloss sich den Wanderern an, als diese den Bahnhof verließen. Äußerlich unterschied er sich nicht wesentlich von ihnen, so dass ihm der Polizist, der plaudernd mit einem Pilzsucher die Ankommenden musterte, genau so wenig beachtete, wie die anderen. Ein Fahndungsfoto schien es von ihm noch nicht zu geben.

Zuerst ging er den ausgeschilderten Wanderweg zum »Großen Zschirnstein« entlang. Dann musste er sehen, wie er weiter nach Süden unbemerkt über die Grenze kam. Heute, mitten in der Woche und außerhalb der Ferienzeit, waren nicht sehr viele Wanderer unterwegs. Am meisten fürchtete Gustaf den Zoll. Er hatte den größten Teil des Bargeldes bei sich und würde in Erklärungsnot geraten, wenn man ihn aufgreifen würde. Conni hatte er nur unverfängliche dreihundert Euro gelassen. Obwohl seine Zeit als Berufssoldat doch schon einige Jahre zurücklag, fiel es ihm nicht schwer, sich an Hand einer Wanderkarte zu orientieren. Am Nachmittag erreichte er einen Bahnhof an der linkselbisch entlangführenden Bahnlinie. Es war schon dunkel, als er in Decin eintraf.

Die Pension, die Gustaf und Conni aufnahm, begnügte sich mit Connis Ausweis und ließ ihn ungeschoren. Connis Frage, wie es weitergehen soll, beantwortete er zögernd: »Wir müssen erst einmal nach Prag und das Geld loswerden«, war seine Antwort. Im D-Zug nach Prag in den bequemen Polstern der ersten Klasse erzählte er ihr von seinen weiteren Vorhaben: Geld bei einer Bank anlegen, einen Pass besorgen und Anschluss an russische Geschäftsleute suchen, die bekanntlich im böhmischen Bädergeschäft groß eingestiegen seien.

Connis ängstliche Frage, ob sie denn für immer hier blieben, bestätigte er mit einem bejahenden Kopfnicken und tröstete sie mit dem Hinweis, dass sie ja jederzeit Deutschland besuchen könne. In Prag angekommen, fuhren sie weiter mit der U-Bahn und suchten sich eine Pension. Gustaf ließ das Geld nicht aus den Augen, während Conni alle anfallenden Sofortausgaben bestreiten musste. Als ihr neben einigen tausend Kronen lediglich noch ein Zwanzig- Euroschein zur freien Verfügung stand und Gustaf es ablehnte, ihr weiter Geld zu geben, begann erneut die Entfremdung. Zweifel kamen auf, bei dem Gedanken hier bleiben zu müssen. Die fremde Sprache, mit der er wesentlich besser zu recht kam, irritierte sie. »Und was wird, wenn er hier wieder ins Gefängnis muss?«, fragte sie sich. Gustaf starrte wie gebannt auf die Werbung einer Bank, die als Leuchtbild im Flur der Pension auf sich aufmerksam machte. Der Hinweis, dass es bis zur nächsten Filiale nur zweihundert Meter seien, elektrisierte ihn. Doch dann, auf dem Weg dorthin, kamen ihm wieder Zweifel, da er sich bei der Kontoeröffnung nicht legitimieren kann. Connis Vorschlag, das Geld auf ihren Namen anzulegen, lehnte er ab, was sie erneut frustrierte. Sie spürte die zunehmende Distanz, sein wachsendes Misstrauen. Was nach seinem geglückten Ausbruch und der anfänglichen Wiedersehensfreude wie ein Neubeginn aussah, zerbröselte in der alles beherrschenden Fluchtatmosphäre. Noch lief in Deutschland das Scheidungsverfahren.
Ihr kam eine Idee: »Soll ich dir ein Bad einlassen?«, fragte sie. Gustaf meinte, dass das ein guter Voschlag sei. Während er in der Badewanne lag und langsam Stress und Hektik von ihm abfielen, setzte sich Conni auf den Badewannenrand und holte eine kleine Flasche Wodka

hinter ihrem Rücken hervor. Während er den Verschluss knackend öffnete, kam er nicht umhin, seiner Frau für heute nur gute Ideen zu bescheinigen. Der Erfolg ließ nicht lange auf sich warten und er schlief ein. »Schwimme nicht so weit hinaus!«, flüsterte Conni lächelnd und streichelte ihn. Leise erhob sie sich und verließ das Badezimmer. Vorsichtig öffnete sie die Reisetasche, die auf seinem Bett stand. Sie zögerte. Aus dieser entnahm sie etwa die Hälfte an Geldscheinen, bemüht, möglichst große Scheine, ausschließlich mit einem dreistelligen Zahlenwert bedruckt, in ihre Hände zu bekommen. Dann zog sie sich an und verließ leise die Pension. Mit einem Bus fuhr sie zurück zum Bahnhof. Ein freundlicher Herr half ihr beim Übersetzen der Anzeigetafeln. Der nächste Zug Richtung Deutschland ging erst in zwei Stunden. So lange wollte sie nicht warten. Wenn Gustaf ihr Verschwinden bemerkte, würde er zuerst auf dem Bahnhof nach ihr suchen. Dann las sie, dass ein Zug in wenigen Minuten abfährt. Radebrechend buchstabierte sie den Namen der Stadt: Hradec Kralove. Sie bedankte sich bei dem Herrn und rannte los. Ihre letzten Kronen zusammenkratzend, löste sie einen Fahrschein. In Hradec Kralove, dem ehemaligen Königsgrätz, übernachtete sie zwei Tage, ehe sie über Liberec und Zittau nach Dresden zurückkehrte... .

Es klingelte an Connis Wohnungstür, immer und immer wieder. Schlaftrunken schaute sie auf die Uhr. Halb elf am Vormittag zeigte der Plastewecker. Kopfschüttelnd über die Zumutung schlurfte sie zur Tür. Draußen standen ein Mann und eine Frau. Er stellte sich als Hauptkommissar Siebert vor, den Namen der Frau überhörte sie. Mit einer müden Geste bat sie die beiden, in ihre

Wohnung zu kommen. »Wir suchen Ihren Mann, Frau Lawerow.« Mit diesen Worten eröffnete der Hauptkommissar das Verhör. »Ich suche ihn nicht mehr. Ich werde mich nämlich scheiden lassen«, gab sie zurück. Langsam zu sich kommend, ahnte sie, warum die Polizei heute in ihrer Wohnung auftauchte. Ihre Lokalrunden, die sie gestern, nach ihrer Rückkehr ausgegeben hatte, haben sich offensichtlich herumgesprochen. »Was will er denn von mir?«, fragte sie, die Ahnungslose spielend. Die beiden Kriminalisten sahen sich an, dann fuhr die Frau mit dem Verhör fort. Wo sie gewesen sei, warum sie gestern die »Spendierhosen« angehabt hätte und ob sie nicht wüsste, wo sich ihr Mann aufhielte. Dabei informierte sie Conni offiziell vom Gefängnisausbruch ihres Mannes. Derweil sah sich der Hauptkommissar in der Wohnung um. Dabei griff er auch in die Taschen ihres Sommermantels, der an der Flurgarderobe hing. Einige zerknüllte Geldscheine, darunter ein Hundert-Euro-schein und die Rückfahrkarte kamen zum Vorschein. Über die Herkunft des Geldes konnte er nur spekulieren und unterließ es deshalb, direkt danach zu fragen.

»Was war eigentlich der Grund für Ihre Feier gestern Abend in der Imbissstube?« Die Fahrkarte reichte er wortlos seiner Kollegin, die darauf sofort nachhakte: »Warum waren Sie in Tschechien? Haben Sie sich mit Ihrem Mann getroffen? Wo ist Ihr Mann?« Mit einem »schön der Reihe nach«, brannte sich Conni erst einmal eine Zigarette an und antwortete mit einer Gegenfrage: »Wollen sie auch einen Kaffee?« Betulich goss sie Wasser in die Maschine. Als sie die Büchse mit dem Kaffee in der Hand hielt, schaute sie noch einmal fragend zu den beiden. Die nickten bejahend. Obwohl es so aussah, als wolle man zum gemütlichen Teil übergehen, verwies die Kriminalpolizistin auf die Möglichkeit, Conni auch auf das Revier zu bestellen, wenn sie keine Gesprächsbereitschaft zeige. Conni stierte auf die vor sich hin blubbernde Maschine und meinte nur, ohne sich um zu drehen: »Dann machen Sie es doch!«

Nachdem sie ein paar Schlückchen genommen hatten, verabschiedeten sich die beiden Kriminalisten, da sich die Strohwitwe wenig gesprächsbereit zeigte.

Zurück auf dem Revier nahm Siebert seine Notizen hervor und begann, im Beisein seiner Kollegin, zu rekapitulieren. »Die Lawerow, eigentlich müssten wir sie Lawerowa nennen, hat Geld und sie war in Tschechien. Wie viel Geld wissen wir nicht, aber die Kneipenrunde hat sie nicht ohne Grund geschmissen. In ihrer Manteltasche fand ich neben der Fahrkarte über hundert Euro in Scheinen.« Sie überlegten noch eine Weile hin und her. Unklar war, ob sie mit ihrem Mann nach Böhmen gefahren war oder nur eine Nachricht erhielt, sich dort mit ihm zu treffen.

»Aber warum ist sie nach Deutschland zurück gekommen?«, fragte die Kriminalistin und dachte weiter darüber nach, ob denn die Reise ins Nachbarland überhaupt mit der Flucht in Zusammenhang stünde. »Trotzdem«, meinte der Hauptkommissar, »werden wir die Fahndung an die tschechischen Kollegen weitergeben.«

Während man auf dem Polizeirevier noch rätselte, räumte Conni auf und machte Kassensturz: vierzigtausendsechshundertfünfunddreißig Euro hatte sie fein säuberlich nach Scheien auf dem Wohnzimmertisch sortiert. Ihre Mantel- und sonstige Taschen hatte sie dabei nicht vergessen. An Münzen waren es nicht einmal zehn

Euro. Wohin mit dem Geld? Sie überlegte nicht lange und packte alles zusammen. Da sie von Unterstützung lebte, durfte niemand davon erfahren. Ein Sparbuch oder eine Einzahlung aufs Konto kamen nicht in Frage. Dann hatte sie eine Idee: Sie hatte im Schuhladen auf der Kesselsdorfer Straße ein Paar wunderbare Pumps für knapp zweihundert Euro gesehen. Der Schuhkarton im Schuhschrank fällt nicht auf und wäre ein treffliches Versteck. Boden- und Kellerräume waren ihr zu unsicher, zumal es schon verschiedentlich Einbrüche und Diebstähle bei anderen Hausbewohnern gegeben hatte.

## V

Nathalie saß bei Conni auf dem Sofa. Zigarettenqualm stieg gegen die Decke. Trotz der Kaffeekränzchenzeit stand eine Flasche Sekt auf dem Tisch. Nathalie nahm es gelassen. Nachdem die Freundin vor zwei Tagen eine Lokalrunde gegeben hatte, wunderte sie sich über nichts mehr. Sie gönnte der Freundin das Geld und auch den Umstand, dass sie ihren Gustaf endlich wieder los war. Nur die Tatsache, dass Conni seit zwei Tage nicht in der Imbisstube erschien, was sonst gar nicht ihre Art war, bereitete ihr Sorgen. Deshalb hatte sie sich entschlossen, die Freundin aufzusuchen. Nach dem dritten Glas sprudelte es aus Nathalie heraus. Hatte sie doch ihr Friedrich zu einer Dichterlesung mitgenommen. Schon die Vorbereitung darauf war für sie völlig neu. Sie musste ein Kleid anziehen, welches er ihr extra für diesen Abend gekauft hatte. Die Damen und Herren waren alle gut angezogen. Nur der Dichter erschien in Sandalen, Jeans und ausgeleiertem Rollkragenpullover. Niemand nahm daran Anstoß.

»Ich dachte ich wäre im falschen Film«, begann Nathalie und erzählte kurz den Inhalt: »Da ist eine Frau mit Bauchschmerzen. Ihr Mann fickt sie, in der Hoffnung, dass die Schmerzen vergehen. Dabei lässt die Alte einen Furz, was ihn so antörnt, dass es jetzt erst richtig zur Sache geht. Ich war froh als der Typ fertig mit lesen war. Während die anderen klatschten konnte ich endlich lachen. Ich fragte Fritz, was dieser Scheiß soll, doch er entgegnete, das wäre avantgardistisch.« Die beiden Frauen guckten sich an und dachten dasselbe: »Männer sind doch alle gleich!« Nathalie holte ein Buchzeichen hervor. Das hatte ihr der Dichter an dem Abend geschenkt. Darauf war ein Gedicht abgedruckt und handsigniert:
Conni nahm den Text und las.

Dämpfe unendlichen Glühens

Auf den Schwingen toter Vögel

oben

Versetzte Winde

Prasselnd aus tausend Ärschen

Genießend des Glückes

Wohltuenden Dampfes

unten

*Für Nathalie – Dein Emanuel Nießfisch.*

Conni hielt sich die prustend die Hand vor den Mund und meinte nur: »Ich glaube, der Kerl hat die Blähungen im Kopf.« Sie gab das Buchzeichen zurück und fragte: »Haben solche Männer eigentlich eine Frau?« Nathalie zündete sich eine Zigarette an und meinte, dass Freund Nießfisch ihr ein eindeutiges Angebot gemacht habe, als er ihr das Buchzeichen schenkte. »Und, gehst du hin?«

fragte Conni. »Ich bin doch nicht bekloppt«, erwiderte die Freundin.

»Der Kerl muss doch krank sein! So etwas kann man nur unter einem Pseudonym veröffentlichen, um nicht Gefahr zu laufen, in der Klapsmühle zu landen«, meinte Conni.

»Das sehen die Freunde von Fritz ganz anders. Wenn sie könnten, würden sie diesem Nießfisch (er heißt wirklich so) den Literatur – Nobelpreis verleihen. Du hättest die Gesichter der anderen Frauen sehen sollen: Die waren alle richtig hingerissen von dem Typ. Wahrscheinlich muss man studiert haben, um das zu begreifen.«

Dann wechselten sie das Thema. Conni wollte wissen, wie es mit ihrer Scheidung weiter ginge. Nathalie nannte ihr einen Termin. Dann holte Conni eine Zeitung hervor und schlug die Seite *Sie sucht Ihn* und *Bumskontakte* auf. Sie hatte bereits einige angestrichen und wollte nun die Meinung der Freundin wissen. Nathalie war überrascht und amüsiert zugleich. Ihr fiel auf, dass die Freundin in der Mehrzahl Männer, die etwa zehn Jahre älter waren, ausgesucht hatte. Lediglich bei den *Bumskontakten* hatte sie zwei zwanzigjährige Bürschchen angestrichen. Auf die Frage, was sie denn mit denen will, meinte Conni nur: »Vergiss es!« Nathalie kommentierte die beiden Anzeigen dahingehend, dass sie solches »Material« in der Trinkhalle bekommen und sich SMS und Telefonate ersparen könne. Als auch die dritte Flasche Sekt geleert war und die Sprache anfing, undeutlich zu werden, verabschiedete sich Nathalie von der Freundin, die, wieder allein, erst einmal eine Runde auf dem Sofa schlief.

Prinz Feldschlösschen hielt einige gestanzte Alu-Blättchen in den Händen und beobachtete den gegenüberliegenden Zigarettenautomat. Die runden Scheiben hatten, was ihren Durchmesser und die Dicke betraf, erstaunliche Ähnlichkeit mit Zwei- und Ein-Euromünzen. Der Prinz hatte herausgefunden, dass ein Schlag gegen den Automaten, zeitgleich mit dem Münzeinwurf, die Gewichtskontrolle außer Betrieb setzte und die Schachtel, manchmal auch mehrere, gepurzelt kamen. Das funktionierte jedoch nicht bei jedem Automaten, so dass es nicht ausblieb, dass manch mühsam gestanzter Chip verloren ging. Nachdem er sich umgesehen hatte, dass ihn niemand beobachtete, ging er über die Straße, trat an den Zigarettenautomaten heran und malträtierte ihn erfolgreich. Seine Chips bescherten ihm dieses Mal vier Packungen. Was der Prinz nicht wusste, die Automatenfirma hatte bereits einige dieser Chips der Polizei übergeben und es lief eine Anzeige – vorerst noch gegen Unbekannt. Der Umstand, dass die Fingerabdrücke zum Teil verwischt waren und der Prinz bisher bei der Polizei nicht aktenkundig war, schützte ihn vor einer Festnahme. Unbeschwert von solchen Überlegungen und ausgestattet mit sechsundsiebzig Zigaretten, machte er sich auf zum Drei-Kaiser-Hof. Dort hoffte er, einige Packungen zu Geld zu machen. Vielleicht reicht es dann noch zu einem Mittagessen, einer Plasteschale voll Kesselgulasch und zwei Scheiben Weißbrot. »Das bissel, was wir essen, das können wir auch trinken!«, war der Lieblingsspruch seines verunglückten Freundes Benni, wenn sie auch einmal zusammen Mittag gegessen hatten. Wieso dachte er jetzt an Benni? Er war der Erste seiner Freunde aus der Imbissstube, der nicht mehr wiederkommen konnte. Der zweite war Gustaf, Connis Ehemann. Wenn es stimmte, was man sich erzählte, dass er aus dem Knast ausgebrochen war, dann wird er ihn wohl auch nicht mehr zu Gesicht bekommen. Entweder er taucht gänzlich unter oder sie schnappen ihn und brummen ihm noch ein paar Jährchen auf, was aufs Gleiche herauskäme. Er hatte sich gerne mit ih unterhalten. Sein, mit russischem Akzent vermischtes Deutsch stach wohltuend vom löbtauschen Sächsisch ab und außerdem gefielen ihm die Anekdötchen aus dessen Militärzeit. Während er die erste Flasche ansetzte, tauchte jener Unbekannte wieder auf, den er nach Gustafs Ausbruch hier das erste Mal gesehen hatte. Der Mann kaufte sich ein Bier und trat an den Prinzen heran. Nachdem er einen langen Schluck genommen hatte, stellte er sich vor: »Ich bin Hauptkommissar Andreas Siebert. Und Sie sind Herr Feldmann?« Kurz und unauffällig zog er seine Marke hervor.

Dann kam er auch gleich zur Sache und fragte, ob er wüsste, wo sich Gustaf aufhielte. Der Prinz staunte, dass die Polizei inzwischen sogar Jewgenis Spitznahmen in Erfahrung gebracht hatte. Wahrheitsgemäß verneinte er und bestätigte nochmals, dass dessen Frau vor kurzem hier einen ausgegeben hätte, weil sie ihn endlich los sei. Daraus folgere er, dass das Mädel, wie er sie nannte, offensichtlich auch ahnungslos sei. Der Hauptkommissar erzählte dann, dass man vermute, er sei ins Tschechische geflohen und das könne er doch schwerlich ohne Freunde. Innerlich frohlockte der Prinz, bedauerte aber gleichzeitig nicht weiter helfen zu können. Siebert merkte, dass aus dem Manne und überhaupt aus all den Kumpels hier, nicht viel in Erfahrung zu bringen sei. Dumm bei dem Gespräch war nur, dass dem Prinzen plötzlich eine seiner Aluscheiben aus der Tasche fiel und der Hauptkommissar sie aufhob. Rechtzeitig fiel Prinz eine Ausrede ein, indem er behauptete, es handle sich um einen Chip für Einkaufswagen. Die Frage, mit wem der

Flüchtige häufig zusammen war beantwortete der Gefragte kurz und bündig: »Mit mir und Benni. Aber Benni ist tot.« Mit einem leichten Grinsen im Gesicht verabschiedete sich der Hauptkommissar und ging. Seine nicht ganz ausgetrunkene Flasche übernahm der immer dafür dankbare Prinz.

Im Präsidium angekommen, begab sich der Hauptkommissar zu seinen Kollegen, die Eigentumsdelikte bearbeiten und erzählte ihnen, dass er heute einen solchen Chip gesehen hat. Die Frage, warum er diesen nicht gleich mitgebracht habe, bog er mit dem Hinweis, keine schlafenden Hunde wecken zu wollen, ab. »Bekommt heraus, ob die Fingerabdrücke, die ihr auf den Aluplättchen gefunden habt, einem Friedemann Feldmann gehören.« Dann gab er seinen Kollegen noch einen Tipp, wo dieser Typ zu finden sei und wie man leicht an seine Fingerabdrücke, zwecks Vergleich herankäme. Die Kollegen dankten ihm und meinten, dass man mit Kollegen Siebert gut zusammenarbeiten könne. Kommissar Zufall, wie Kriminalisten ungewöhnliche Wendungen gerne nennen, kam der Polizei zur Hilfe, als Prinz, stark angetrunken, in eine Schaufensterscheibe fiel und neben Blutspuren auch mehrere Fingerabdrücke am Unfallort hinterließ. Als Prinz nach drei Tagen aus dem Krankenhaus entlassen wurde, wartete der Streifenwagen auf ihn und verfügte ihn in ein gemütliches warmes Winterquartier. Lediglich die Gitterstäbe vor dem Fenster beeinträchtigten das lauschige Ambiente. Prinz nahm es gelassen, da der Winter vor der Tür stand und er sowieso nicht wusste, ob er das Geld für die Heizkosten in seiner Bude aufbringen könnte. Seine Verteidigung übernahm freundlicher Weise Herr Rechtsanwalt v. Thurmbach, der seiner Freundin Nathalie schlecht etwas abschlagen konnte.

Trotz solcher Hilfen gestaltete sich das Leben zwischen den Beiden nicht so harmonisch, wie Nathalie es erwartet hätte. Ihre Hoffnung, dass er sich ihretwegen scheiden ließ, erfüllte sich nicht. Sie hatte zwar eine hübsche Einliegerwohnung ganz in der Nähe bekommen, wo sie beide ungestört miteinander leben konnten, aber eine Trennung kam für ihn nicht in Frage. Dass er überhaupt so viel Zeit für sie aufwendete, lag an seiner Frau, die neuerdings auswärts arbeitet, so dass er die Woche über für sie da war. Sonst hätte er sie auch nicht zu dieser Dichterlesung mitgenommen, die sie so amüsiert hatte. Weihnachten war gekommen. Am heiligen Abend und am ersten Feiertag hatte sie ihre Eltern besucht. Es war jetzt zwei Jahre her, dass sie die Beiden das letzte Mal gesehen hatte. Das Zerwürfnis beruhte auf Gegenseitigkeit. Hauptsächlich ihr Vater billigte nicht ihren Lebensstil und sie warf ihm vor, dass er nur wenig Zeit für sie gehabt habe. Wenn sie Fragen stellte, wiegelte er ab. Ihrem Jugendfreund verbot er das Haus, was letztlich der Hauptgrund der Trennung war. Auch nachdem sich Jochen von ihr getrennt hatte, blieb es bei der Entfremdung. Als dann noch der Alkohol in ihr Leben zu treten begann, schienen die Brücken zum Elternhaus endgültig abgebrochen. Seitdem Friedrich ihr Freund war, hatten sich die Beziehungen zu ihren Eltern etwas stabilisiert. Er liebte keine besoffenen Frauen und wünschte, wenn er sie abends besuchte, eine weitestgehend nüchterne Nathalie ohne Bierfahne anzutreffen. Sie besuchte zwar jeden Tag die Trinkhalle, kaufte jedoch öfters etwas Alkoholfreies, um abends nüchtern zu sein. Ihre Eltern hatten von Ferne die Wandlung ihrer Tochter verfolgt und auch begrüßt. Ihr Vater konnte es sich nicht verkneifen, sie eine Mätresse zu nennen und ihr Verhalten zu verurteilen. Trotz dieses Wermuttropfens in den Beziehungen zu ihren Eltern, war die Einladung für Weihnachten gekommen.

Es schneite dicke Flocken – weihnachtliches Bilderbuchwetter. Nathalie schaute hinaus und knabberte an einer Tafel Schokolade. Ja, Mutti kannte ihren Geschmack und hatte extra eine Zweihundert-Gramm-Tafel auf den Gabenteller gelegt. Heute am zweiten Weihnachtsfeiertag war sie wieder zu Hause und – allein. Friedrich hatte ihr zwar telefonisch alles Gute zum Fest gewünscht aber kein Wiedersehen in Aussicht gestellt. Für das Mittagessen hatte Mama noch etwas Putenbraten eingepackt, den sie nur noch einmal warm machen musste – fertig war ihr bescheidener Festtagsbraten. Nach dem Essen, es schneite noch immer, setzte sie sich ans Fenster und schaute hinaus. Auf dem Fensterbrett blieb der Schnee liegen und hatte bereits den unteren Rand der Fensterscheibe erreicht. Auf der Straße rutschte eine große, dunkel lackierte Limousine durch den Neuschnee, während ein Trabant mit grobstolligen Reifen zügig überholte und dabei den anderen DDR-gerecht einnebelte. Nathalie musste lachen. Hier in Alt-Löbtau spielten sich eben Szenen ab, wie sie anderswo so nicht mehr anzutreffen waren. Ihre gute Laune war zurückgekehrt und sie entschloss sich, zum Drei-Kaiser-Hof zu gehen, zu sehen, was die anderen machten und wer heute alles da sei. Sie betrat die Imbissstube. Es war erst kurz nach zwei Uhr am Nachmittag und das Lokal bereits gut gefüllt. Vorerst war sie die einzige Frau. Nachdem obligatorischen Knöchelschlag auf die Tischplatte, nahm sie neben einem breitschultrigen Kerl mit Schnauzbart und Pferdeschwanzfrisur Platz. Mit etwas kleinerem Bierbauch hätte er sogar sportlich gewirkt. Manfred, so hieß der Typ, rutschte, bereitwillig Platz machend, zur Seite, legte seinen Arm um Nathalies Schulter und meinte gönnerhaft: »Sieht man dich auch wieder einmal, Mädel!« Dabei war er es, der durch längere Abwesenheit geglänzt hatte. Manfred, kurz Manne genannt, referierte gerade über Doping im Sport und kam zu der Ansicht, dass Dopingkontrollen im Profisport Unfug seien. Das Gerede von der Chancengleichheit und von der Gesundheit des Sports hielt er für ein hübsches Märchen. Länder oder Vereine, die kein Geld für teure Sporttechnik oder Hochleistungsathleten haben, sind von vornherein chancenlos. Außerdem ist Leistungssport ohnehin fast das Ungesündeste was es gibt. Es zeugt von einer gewissen Arroganz der Sportler, zu glauben, sie seien die einzige Berufsgruppe, die körperliche Anstrengungen vollbrächten. Was die wenigsten vermuten, Schauspieler und Sänger in Titelrollen, deren Part mehrere Stunden am Abend dauert, sind extremen körperlichen Belastungen ausgesetzt.

»Nun stellt euch vor, der Inspizient ruft Herrn Kammersänger oder die Primaballerina statt auf die Bühne, zur Urinabgabe zu kommen. Ich glaube, die hielten den Kerl für komplett verrückt und würden ihm einen Vogel zeigen. Jeder andere darf Medikamente nehmen, um seine berufliche Leistungsfähigkeit zu erhalten. Sportler müssen nach jedem Hustensaft oder sogar nach dem Zähneputzen damit rechnen, disqualifiziert zu werden.« Nathalie lachte leise in ihr Bierglas und hörte nicht mehr zu. Der Gedanke, was sich hinter der Bühne abspielen würde, wenn man in den Musentempeln Dopingkontrollen einführen würde, ließ sie nicht mehr los.

Dann wandte man sich einem aktuelleren Thema zu –

Weihnachten. Wem oder was hast du geschenkt? Was hast du bekommen? Nathalie war so unvorsichtig, auf die Frage, was ihr gut betuchter Freund ihr geschenkt habe, wahrheitsgemäß zu antworten: »Unterwäsche.« »Zeigen, zeigen, zeigen!« war die prompte Reaktion des Lokals. Man räumte Flaschen und Aschenbecher zur Seite und forderte sie auf, auf den Tisch zu steigen und sich auszuziehen. Für ein komplettes Striptease versprach ihr der Wirt, eine Flasche Sekt zu spendieren. Nathalies Einwand, es sei ihr zu kalt, wurde mit einem Hochdrehen der Zentralheizung entkräftet. Um es ihr zu erleichtern, schenkte der Wirt einen doppelstöckigen Kognak als »Mutmacher« ein. Nachdem sie das Glas in einem Zuge ausgetrunken und an die Wand geknallt hatte, sprang sie unter Beifall und Pfiffen der Anwesenden auf den Tisch. Zuerst fielen Pullover und Jeans, von nun an ging alles ganz langsam... .

## VI

Die Lage war alles andere als bequem. Jochens rechtes Bein hing in einem Streckverband. Er durfte auf dem Rücken liegen oder sitzen. Einen größeren Bewegungsspielraum ließen der Verband und auch der Arzt nicht zu. Ein komplizierter Knochenbruch hatte ihn während eines Sturmes von einem der zahlreichen Decks der Bohrinsel geweht. Der Sicherheitsgurt hatte zwar verhindert, dass er in die See stürzte, konnte aber den Beinbruch nicht abwenden. So schön die Ruhe und das warme Bett am Anfang auch waren, langsam wurde es langweilig. Selbst den Tausend-Seiten-Roman »*Der Schwarm*« hatte er gelesen. Es hatte ihn fasziniert. War doch sein berufliches Leben eng mit dem Meer verbunden. Was sie da auf der Bohrinsel trieben, war auch nicht dazu angetan, das natürliche Gleichgewicht des Ökosystems Meer zu stabilisieren. Dabei bemühten sie sich, den Eingriff in die Natur so schonend wie möglich zu gestalten. Austretendes Öl kam einer Todsünde gleich und war völlig undiskutabel. Es hätte an ihrer Berufsehre gekratzt. Die Gespräche mit den anderen Männern im Krankenzimmer waren nicht immer einfach. Man sprach hier ein Englisch, das er so von der Bohrinsel nicht kannte. Es erstaunte und belustigte ihn zugleich, dass andere Sprachen die gleichen Probleme haben, wie die Deutsche. Er, in Sachsen geboren und aufgewachsen, kannte die Probleme, die seine Mundart den Menschen in anderen Teilen des Landes brachte und umgekehrt, welche Mühe er hatte, das Friesische oder Schwäbische zu verstehen. Auf der Plattform vor der englischen Küste sprach man ein Schulenglisch, das von allen verstanden wurde; nicht so hier im Krankenhaus, zu mindestens was seine Mitpatienten betraf. Ärzte und Krankenschwestern, wissend, dass er Deutscher war, bemühten sich um ein Oxford ähnliches Englisch. Besonders Schwester Margret sprach so deutlich wie eine Schauspielerin. Das hörte er sogar als Ausländer heraus. Ihr angenehmer Alt hatte fast schon therapeutische Wirkung. Jochen konnte sich vorstellen, dass selbst einem Sterbenden ihre Stimme dazu bewegt, den Weg in die Ewigkeit wie einen Sonntagsausflug zu empfinden. Während ihm noch Margret und ihre Stimme durch den Kopf gingen, hatte er mechanisch den Nachttisch geöffnet und seine Brieftasche hervorgeholt. Sie war prall gefüllt. Die wenigsten Papiere hatten mit Geld zu tun. Die Geldscheine, Pfund- und Euronoten legte er beiseite, ebenso seinen Pass, Versicherungskarte und andere Arbeitspapiere. Der Umfang seiner Brieftasche hatte jedoch nur geringfügig abgenommen. »Was sich so alles ansammelt!« dachte er. Hier, im Krankenhaus blieb Zeit, alles durch zu sehen und auszumisten. Sorgfältig bildete er auf der Bettdecke zwei Stapel. Während er so beide Häufchen auffüllte, unterbrach er seine Sortierarbeit, als er eine Fotografie in der Hand hielt. Nathalie. Das Foto hatte sie ihm bei seinem letzten Weihnachtsbesuch in die Hand gedrückt. Wie viel Jahre war das her? Er zögerte, wohin mit dem Foto, welchem Stapel soll er es zu ordnen? Nach einigem Zögern landete das Bild bei den aufzubewahrenden Papieren. Er überlegte, ob er ihr einmal schreiben sollte. Dann verwarf er den Gedanken. Er hatte ihre Adresse schlicht und einfach vergessen. Eine Suche nach dieser in den Stapeln auf seiner Bettdecke blieb erfolglos. Ein Brief seiner Eltern kam zum Vorschein. Genau genommen von seiner Mutter. Vater hatte nur noch einen Zweizeiler beigefügt. Er schaute auf das Datum des Briefes und erschrak. Durch den Unfall waren drei Wochen vergangen. Er hatte weder telefonisch noch schriftlich seine Eltern vom Unfall berichtet. Alte Parkzettel, bezahlte und nicht bezahlte Knöllchen landeten auf dem Abfallhaufen. Dann kamen noch zwei Briefe von einer jungen, zu jungen Norwegerin (sie war erst sechzehn Jahre). Er überflog die im bescheidenen Schulenglisch verfassten Briefchen und – nach einer kurzen Denkpause - zerriss er sie. Es fiel ihm schwer, sich an ihr Gesicht zu erinnern. Als er alles durchgesehen hatte, überwog der Haufen mit Abfall. »Nun hat die Brieftasche wieder ein normales Format«, dachte Jochen, nachdem er alles fein säuberlich sortiert un eingeräumt hatte.

Am nächsten Morgen verkündete ihm der Stationsarzt bei der Visite, dass man ihn jetzt abhängen könne und kleine Gehversuche gestattet seien. Eine Stunde später war der Kran weg. Dafür standen zwei Krücken an seinem Nachttisch. Vorsichtig startete er mit ersten Gehversuchen, bemüht, das leicht angewinkelte eingegipste Bein nicht mit dem Boden in Berührung zu bringen. Überrascht, wie hilfreich Krücken beim Fortbewegen sein können, begann er erst die Station, dann das ganze Krankenhaus zu inspizieren. Mit traumwandlerischer Sicherheit fand er den Fernsehraum. (Im Zimmer hatten sie leider keinen Apparat.) Ein Fußballspiel im Vorabendprogramm hatte, bis auf eine Ausnahme, nur Männer in diesen Raum gelockt. In einem kleinen Laden neben dem Büffet kaufte er etwas Briefpapier und eine Rätselzeitung. Er wollte probieren, ob seine Englischkenntnisse den Anforderungen einer solchen Zeitung gewachsen seien. Den Versuch, den dunklen Park hinter dem Krankenhaus aufzusuchen, unterließ er und nahm sich vor, morgen, bei Tageslicht auch dieses Terrain in seine Laufübungen einzubeziehen.

Das Telefon klingelte. Einige Kollegen von der Insel meldeten sich zu einem Krankenbesuch an. Weihnachten stand vor der Tür. Drei Kollegen waren gekommen und schüttelten ihm die Hand. Man sah ihnen die ehrliche Freude an, die sie empfanden. Umso größer die Überraschung, als er zu den beiden Krücken griff, aufstand und seine Besucher bat, mit ihm in der Besucherecke draußen auf dem Flur Platz zu nehmen. Sie hatten ihm einen großen Präsentkorb mitgebracht, voller Köstlichkeiten an Süßem und Herzhaftem. Die Krönung war ein über dreißig Zentimeter großer Räuchermann aus Holz. Nun war es Jochen, der sich echt überrascht zeigte. Die

Freunde hatten herausbekommen, aus welchem Landstrich er kam. Übers Internet hatten sie sich über das erzgebirgsche Brauchtum kundig gemacht und den Räuchermann (echte Seifener Holzarbeit) auf diesem Weg bestellt. Natürlich fehlte auch eine Schachtel mit den kegelförmigen Räucherkerzen nicht. Jochen musste nun den Kollegen vorführen, wie ein solcher Räuchermann gehandhabt wird. Der sich auf dem Flur des Krankenhauses verbreitende Duft war nicht jedermanns Sache. Aber schließlich siegte bei den meisten der Vorüberkommenden die Neugier. Patienten und Personal umstanden schließlich andächtig das vor sich hin paffende Männlein. Einer von Jochens Kollegen hatte schließlich eine Idee: Er stellte den Räuchermann auf einen Mauersims genau unter das Schild *No smoking*. Dort blieb es dann über die Weihnachtszeit stehen und durfte einmal am Tage sein Pfeifchen entzünden.

Wie in jedem Krankenhaus war man bemüht, vor den Feiertagen so viel wie möglich Patienten zu entlassen. Jochen wusste, dass er bleiben musste und trug es mit Fassung. Am zweiten Feiertag hatte Schwester Margret Dienst. Sie hatten etwas Zeit füreinander. Sie erzählte ihm von ihrer Tochter. Dabei wunderte sie sich über sich selbst, dass sie ausgerechnet dem Deutschen aus ihrem Privatleben erzählte, was sonst nicht ihre Art gegenüber den Patienten war. Er wollte es sich erst nicht eingestehen, dass ihn diese Mitteilung beunruhigte. Bei ihrer Unterhaltung erfuhr er, dass sie fünf Jahre älter als er sei, was ihn nun wieder gar nicht störte. Erleichtert nahm Jochen den Hinweis auf, dass sie mit ihrer Tochter allein lebe. Die Antwort auf die Frage nach dem Schicksal des Vaters fiel für Jochen weniger glücklich aus. Er war auf einer Bohrinsel tödlich verunglückt. Als sie ihm das erzählte, bekamen ihre Augen einen Ausdruck, den er so an ihr noch nie gesehen hatte. Er wusste selbst nicht wie ihm geschah. Plötzlich hatte er Margret in seinen Armen und küsste sie. Zu seiner Überraschung bekam er keine Ohrfeige oder einen Fußtritt, sondern spürte Entgegenkommen. Als er sie wieder losließ, stand sie auf und sagte nur: »Das war keine gute Idee Jochen« und verließ ihn. Trotzdem war ihm nicht entgangen, dass sie »Jochen« und nicht »Herr Bernemann« zu ihm gesagt hatte. Nach dem Abendbrot ging er zu ihr ins Schwesternzimmer. Er entschuldigte sich für seine Spontaneität und begründete sein Verhalten mit den Worten. »I love you.«

Trotz dieses Geständnisses blieb Schwester Margret reserviert. Wenn er vier Wochen nach seiner Entlassung aus dem Krankenhaus genau noch so denke, wie heute und bereit wäre, die drei Worte zu wiederholen, würde er wesentlich glaubwürdiger wirken. Dann ließ sie ihn stehen, da ein Patient geklingelt hatte. Jochen ging zurück in sein Zimmer und versuchte zu lesen. Er hielt das Büchlein »*The hound of Baskervilles*« in der Hand. Jochen nahm sich vor, den Originaltext zu lesen, weil er die Fabel schon kannte. Das sollte ihm das Übersetzen erleichtern.

Als man ihn Anfang Februar entließ, konnte er wieder ohne Gehhilfen laufen. Schwester Margret versprach er beim Abschied, sich in vier Wochen zu melden. Sie steckte ihm unauffällig einen Zettel mit ihrer privaten Telefonnummer zu.

Nebel lag über Dresden, als das Flugzeug zur Landung ansetzte. Als es in London abflog, lag das Rollfeld im Sonnenschein. Klischees haben hin und wieder ihre Tücken und versagen. Aber die Wiedersehensfreude mit seinen Eltern konnte das Wetter nicht trüben. Eines der ersten Neuigkeiten, die Mutter zu berichten wusste, war, dass sich Nathalie »herausgemacht« habe und jetzt mit einem feinen Pinkel liiert sei. Trotzdem verkehre sie nach wie vor in der Imbissstube am Drei-Kaiser-Hof. Jochen entgegnete, dass ihn das eigentlich nicht interessiere. Etwas unglaubwürdig wirkte die Bemerkung, als ihm beim Auspacken ausgerechnet Nathalies Foto aus der Brieftasche herausfiel. Mutter schüttelte nur den Kopf, als sie das Foto aufhob. »Hast du inzwischen eine neue Freundin?«, fragte sie. Jochen antwortete mit einem zurückhaltenden »vielleicht« und erzählte dann doch von Margret. Sein Vater meinte etwas brummig: »Da müssen wir auf unsere alten Tage noch Englisch lernen, wenn wir uns mit unserer Schwiegertochter und ihrem Kind unterhalten wollen.« Jochen bremste den Eifer seiner Eltern, obwohl sie eigentlich ähnlich dachten wie er. Es war bisher kein Tag vergangen, an dem er nicht mit Margret telefoniert hatte. Nach einer Woche machte er sich zu dieser Imbissstube auf, von der seine Mutter erzählt hatte. Der Raum war verräuchert. Als er einen Blick auf die Tische warf, unterließ er den Versuch, einen Kaffee zu bestellen. Er wollte nicht gleich als Außen- seiter entlarvt werden. Er entschied sich dann für ein Radeberger. Mit dem Blick zur Tür ließ er sich an einem der Holztische nieder. Auf wen oder was wartete er eigentlich? Nach dem dritten Bier überlegte er sich, ob er wieder gehen oder noch eins bestellen solle. Die Gespräche mit seinen Tischnachbarn waren nicht gerade ergiebig. Dieser schwadronierte von seiner Militärzeit und wie schön sinnlos so ein Leben als Unteroffizier sein konnte. Da war von Schildkrötenwettkämpfen und vom Rasenmähen bei fünf Zentimeter Neuschnee die Rede, vom Reinigen der Kachelöfen während gleichzitig Geländeübungen wegen »Hitzefrei« abgesagt wurden. Kuriositäten, die Jochen mit einem verständnislosen Nicken zur Kenntnis nahm. Erst dachte er, sein Gegenüber erzähle Witze, bis er dann merkte, dass es sich um Schilderungen aus dem militärischen Alltag handle, was für die Betroffenen keineswegs spaßige Episoden waren. Er erinnerte sich an einen Kriegsfilm, den er kürzlich gesehen hatte. Dort ließ das Drehbuch auch so einen durchgeknallten Soldatentyp sagen: »Was Sie hier erleben werden, das können Sie sich nicht in ihren schlimmsten Albträumen vorstellen!« Offensichtlich glich der Dienst in dieser Nationalen Volksarmee für viele ebenfalls einem Albtraum. Die Gnade der Geburt hatte ihn vor diesem Schicksal bewahrt. Jochen schaute auf die Uhr. Er saß nun schon über eine Stunde in diesem Mief aus kaltem Rauch und Bier. Dann fragte er beiläufig in die Runde, ob sie Nathalie gesehen hätten. Einer am Tisch lächelte hintergründig und fragte ihn, ob er sie näher kenne. Jochen bestätigte die Frage mit einem kurzen »ja« und fügte ärgerlich hinzu, dass er sonst nicht gefragt hätte. Dann erzählte man ihm, dass sie jetzt eine feine Dame sei, aber ihre alten Kumpels doch nicht ganz vergessen habe, indem sie hin und wieder hier aufkreuze. So erfuhr er, dass sie jetzt mit einem adligen Rechtsanwalt liiert sei. »Ja Kumpel, manchmal werden Märchen war und ein echter Prinz holt sich eine aus der Gosse.« Jochen lächelte etwas schief. Was er wissen wollte, hatte er nun erfahren. Er bezahlte und ging. Als er das Lokal verlassen hatte und gerade die frische Winterluft genießen wollte, stieß er mit einer jungen Frau zusammen. Er erschrak – Nathalie stand vor ihm. Die Überraschung war beiderseits. Dann meinte er nur:

»Komm wir trinken einen zusammen, aber nicht hier.«
Nathalie war einverstanden und sie gingen ein Stück die
Kesselsdorfer Straße hinauf, bis sie ein kleines Kaffee
fanden. Sie war ganz froh, nicht wieder Bier trinken zu
müssen. Jochen überlegte, ob er die Auskünfte, die man
ihm in der Trinkhalle über sie gegeben hatte, erwähnen
sollte. Sie enthob ihn von dieser Entscheidung und
erzählte von ihrem Fritz, einem Freiherrn, mit dem sie
jetzt zusammen lebe. Er bezahle ihr sogar eine kleine
Wohnung und es sei für sie ein völlig neues aber span-
nendes Milieu; das Leben an der Seite dieses Mannes.
Auf Jochens Frage, wo man denn solche Männer kennen
lerne, antwortete sie wahrheitsgemäß: »An der Imbissstube beim Wurstessen.« Jochen meinte, welch Glück
für sie, dass sich ein solcher Mann auch mal in die
Niederungen des Lebens verirrt, wenn ihn der Hunger
plagt. Dann wechselten sie das Thema und Jochen erzählte von seiner Arbeit auf der Bohrinsel und dass nur der
Unfall daran Schuld sei, dass er wieder einmal in Dresden
war. Als sie das Lokal verließen, war es schon fast dunkel und Jochen begleitete Nathalie nach Hause. Ihre
Frage, ob sie ihm ihre Wohnung zeigen dürfe, verneinte
er mit dem Hinweis noch einen Freund von früher besuchen zu müssen. Als Nathalie gegangen war, ging er
nachdenklich zur Straßenbahn zurück. Er konnte sich
ausmalen, wie die Wohnungsbesichtigung ausgefallen
wäre. Spätestens in ihrem Schlafzimmer hätte es eine
längere Pause gegeben. Aber er war mit seinen Gedanken
immer bei Margret und er wollte seine Gefühle zu ihr
nicht mit einer anderen Bettgeschichte belasten. Als er
nach Hause kam, lag ein Brief von Margret auf dem
Schreibtisch seines Vaters. Sie hatte auf seinen Brief
geantwortet.

Übersetzt lautete der Text:

*Mein lieber Jochen,*
*ich denke auch oft an dich. Pamela meint, dass ich neu-*
*erdings so komisch sei. Und sie hat Recht. Seitdem du*
*weg bist, habe ich manchmal schlechte Laune. Die*
*Komplimente meiner Patienten interessieren mich jetzt*
*noch weniger als früher. Komm bald wieder!*
*Deine Margret*

Dem Brief hatte sie ein Farbfoto beigelegt. Es zeigte sie
mit ihrer Tochter. Jochen betrachtete sich das Bild und
kam zu der Feststellung, mit Pamela eine hübsche Stief-
tochter zu bekommen. Er konnte wenig Ähnlichkeit mit
ihrer Mutter entdecken und meinte, dass sie offensichtlich ihrem verunglückten Vater ähnlicher sei als der
Mama. Jochen war richtig froh, dass er Nathalie wider-
standen hat. Gleichzeitig nahm er sich vor, bei seiner
Rückkehr klare Verhältnisse zu schaffen und dachte darüber nach, Margret zu heiraten. Um die Neugier seiner
Eltern zu befriedigen, zeigte er ihnen das Foto. Mutter
meinte nur: »Es wird Pamela bestimmt nicht stören, wenn
sie drei Großeltern hat.« Jochen lächelte über die Ge-
dankengänge von Mutter, sie hatte ausgesprochen, was
ihm schon lange im Kopf herum ging.

Während Jochen Bernemann in Dresden seine Eltern
besuchte, saß Jewgeni Lawerow im berühmten Prager
*U Kalicha (Zum Kelch)*, in der schon Jaroslaw Hašek
seinen Schwejk hatte Biertrinken lassen. Neben ihm saß
eine gut aussehende Russin am Tisch; sie brauche einen
Chauffeur und Leibwächter, Gehalt zehntausend Kronen
im Monat plus Spesen und Reisekosten extra. Auf seine

Frage, was für ein Wagen er chauffieren müsse, antwortete sie nur kurz: »BMW - sieben.«

Derweil vergnügte sich Conni, Jewgenis Noch-Ehefrau, mit Prinz Feldschlösschen, der nach seinem Knastaufenthalt eine familiäre Ader an sich entdeckt hatte. Bei der Entscheidung für Conni dürfte deren gute finanzielle Situation ausschlaggebend gewesen sein. Prinz hatte nach seiner Entlassung sogar eine Arbeit als Wagenwäscher aufgenommen (stundenweise, man soll es nicht gleich übertreiben).

## VII

Nathalie durfte Hausdame spielen und fühlte sich wohl in dieser Rolle. Friedrich v. Thurmbach hatte Anwaltskollegen nebst Frauen bzw. Lebensgefährtinnen eingeladen. Da die Frau des Gastgebers für längere Zeit verreist war, hatte er sich kurz entschlossen für Nathalie entschieden.

»Wenn das nicht wieder solche Spinner sind, wie bei der Lesung, komme ich gerne«, meinte Nathalie, als Fritz sie bat, Hausfrau zu sein. Seinen Kollegen stellte er sie als eine »Freundin des Hauses« vor. Einer der Herren begrüßte sie mit hanseatischem Charme und nannte sie »gnädige Frau«. Das war ihr noch nie passiert.

»In der DDR herrschte Arbeitspflicht. Ausgenommen waren nur Ehefrauen. Sie galten durch ihre Männer als versorgt. Auch wer in der Lage gewesen wäre, legal ohne Arbeit seinen Lebensunterhalt zu bestreiten, zum Beispiel durch eine Erbschaft, wurde zur Aufnahme einer Arbeit aufgefordert. Zuständig waren dafür die Abteilungen für Inneres bei den Städten und Kreisen.« Die aus den alten Bundesländern kommenden Gäste zeigten sich dem rechtshistorischen Thema gegenüber sehr aufgeschlossen. Der Gastgeber, Herr v. Thurmbach, hatte dieses Thema gewählt. Obwohl selbst »Wessi«, wie er sich nannte, hatten ihn die Probleme seiner Mandanten aus dem Dresdner Westen darauf gebracht. Bei zahlreichen Zivilverfahren kamen die Gerichte nicht umhin, die Zeit vor neunzehnhundertneunzig in ihre Entscheidungen mit einzubeziehen. In seinem Vortrag musste v. Thurmbach seinen Gästen klarmachen, dass nach der totalen Enteignungswelle Anfang der neunzehnhundertsiebziger Jahre durch Honecker kaum noch Vermögenswerte den Leuten geblieben waren.

»Das Vermögen der entprivatisierten Betriebe kam auf Sperrkonten und stand somit den Eigentümern nicht zur Verfügung. Über nennenswertes Einkommen verfügten lediglich kleine Familienbetriebe, Bäcker, Fleischer sowie Angehörige der wissenschaftlichen und künstlerischen Intelligenz, zum Beispiel Professoren. Die professoralen Techniker hatten Einkünfte aus Patenten, Maler und Komponisten aus dem Copyrightschutz ihrer Werke. Das war es dann schon. Einer meiner Mandanten hat mir erzählt, dass er längere Zeit keine Lust zum Arbeiten hatte und bei seiner Mutter von deren Witwenrente lebte. Als die Abteilung Inneres des damaligen Stadtbezirkes Dresden-West dahinter kam, wurde er, nachdem er der Aufforderung vorzusprechen nicht nachkam, polizeilich vorgeführt.« Kopfschütteln und Raunen begleiteten die Ausführungen. Einer seiner Gäste hob demonstrativ sein Whiskyglas hoch und bat nachzuschenken, was Nathalie prompt übernahm. Er müsse auf diesen Schreck erst einen heben und verwies auf die Abgründe zwischen Rechtsstaat und Polizeistaat.

»Meine Damen und Herren! Trotzdem müssen wir das geltende Recht dieses Landes bis zu seinem Beitritt anerkennen«, bemerkte einer der Gäste und fragte den Gastgeber, ob denn solche Fälle häufig vorkamen. »Glücklicherweise nicht. Die Mehrzahl der Nichtarbeitenden war asozial und bestritt ihren Lebensunterhalt aus Diebstählen, Betrügereien und anderen kriminellen Handlungen. Das belegen zahlreiche Gerichtsakten.« Dann wurde v. Thurmbach noch gefragt, was denn aus dem jungen Mann geworden sei, der von der Rente seiner Frau Mutter lebte.

»Soweit ich mich erinnere, hat er dann eine Teilzeittätigkeit in einer Kaufhalle im Leergutlager aufgenommen und hatte damit seine Ruhe vor den Behörden«, antwortete v. Thurmbach.

Nathalie hatte sich zu den Frauen gesetzt, nachdem man zum so genannten geselligen Teil übergegangen war und auch die Herren dezent zu verstehen gaben, unter sich bleiben zu wollen. Aus den Lachsalven, die hin und wieder aus dem Arbeitszimmer herüber schallten, und der Art der Lachen konnten die Frauen auf die Qualität der Witze schließen. Gewissermaßen durch die Männer ermuntert, kursierten nun im Wohnzimmer Witze, die manchen der Herren bestimmt zum Erröten gebracht hätten.

So unter sich gratulierten die Herren ihrem Gastgeber für den Fang, den er mit Nathalie gemacht habe. Im Verlauf des Abends war es jedem klar geworden, dass Nathalie keine Freundin des Hauses, sondern die Geliebte des Hausherren war. Einer seiner Gäste bemerkte süffisant, dass er jetzt auch eine neue Assistentin eingestellt habe. Schwarzhaarig, so jung wie Nathalie und sehr befähigt. Wo, war sofort die Frage. Der Anwalt, ein Mitte fünfziger, geriet ins schwärmen. Er verriet seinen Gästen, dass sie es zuerst einmal auf dem Schreibtisch gemacht hätten, ehe sie gemeinsam ins Bett gehüpft seien.

»Deine Freundinnen werden auch immer jünger«, meinte v. Thurmbach. Dem widersprach der Angesprochene mit dem Hinweis, dass die Frauen nicht jünger aber er immer älter werde. Gelächter.

Auch die Frauen hatten Nathalies Rolle durchschaut. Während die älteren Frauen eher zurückhaltend reagierten, hatten die jüngeren weniger Berührungsängste. Sie spürten auch, dass sie aus einem anderen Milieu kam, aus dem Frauen oder Freundinnen von Anwälten gemeinhin stammen. Ihre Trinkfestigkeit erregte Aufsehen.

Als die Gäste gegangen waren und Nathalie das Gröbste aufgeräumt hatte, fragte sie Friedrich: »Wenn ich das richtig verstanden habe, dürfte ich in der DDR so ein Leben wie jetzt nicht führen. Die würden mich einsperren.« Friedrich beruhigte sie mit dem Hinweis, dass ihr damals das Arbeitsamt irgend eine Arbeit zugewiesen hätte, was ja heute nicht der Fall sei.

»Da kann ich ja von Glück reden, dass ich jetzt lebe!« Dann schlief sie auf der Couch ein.


Im und am Imbissstand ging es ziemlich laut zu. Da hatte sich doch tatsächlich einer mitten in die friedliche Bierrunde gesetzt und trank Wasser. Das konnte ja noch angehen und wurde allgemein toleriert. Weniger wohlwollend stand man seinen Aufrufen zur Abstinenz gegenüber. Irritierend wirkte auch seine kurzzeitige Unterbrechung des Redeflusses. Dann verdrehte er die Augen und zuckte leicht mit dem Kopf. Als er dabei eine Flasche Bier umriss, wurde das natürlich fehlgedeutet. Alle am Tisch fühlten sich provoziert und forderten ihn unmissverständlich auf, sofort zu verschwinden oder eine neue Flasche auf den Tisch zu stellen. Anderenfalls drohe ihm der Rausschmiss. Eine ältere Frau beruhigte ihre Tischgenossen:

»Seht ihr das nicht! Der Mann ist krank. Komm, ich spendiere euch eine neue Flasche.«

Jetzt erst bemerkten die anderen, dass mit dem Wassertrinker etwas nicht stimmte. »Dem ist wahrscheinlich das viele Wasser nicht bekommen«, brummelte einer seinem Nachbarn ins Ohr und lachte dabei leise aber scheppernd. Dieser nickte bedeutungsvoll und meinte: »Na dann prost!« Dezent wurden mit den Bierflaschen angestoßen.

Auf dem Fußweg kam eine etwas abgehärmte Frau mittleren Alters mit dem Fahrrad entlang. Vor der Trinkhalle hielt sie an und kam auf den Tisch zu, auf dem gerade die Alte eine neue volle Flasche abstellte und dies mit der Aufforderung verband: »So, nun gebt endlich Ruhe!«

Die andere trat an den Geistesgestörten heran und forderte ihn auf, mitzukommen. Die übrigen Tischgäste fragte sie, ob ihr Bruder Appelle zur Abstinenz verkündet habe. Wie ein trotziges Kind schüttelte dieser ihre Hand ab, sprang auf und rannte Richtung Toiletten. Die Frau war fast am Verzweifeln. Nachdem sie sich erkundigt hatte, ob es hier auch etwas Warmes zu trinken gebe, holte sie für sich und ihren Bruder erst einmal einen Kaffee. Die Alte, der es gelungen war, die Gemüter zu beruhigen, rückte zur Seite und bot der Frau einen Platz an. Einen der Männer am Tisch forderte sie auf, den Bruder wieder herzubringen, was dieser auch sofort tat. Der Alten zollten die Männer offensichtlich Respekt, stellte die Schwester erleichtert fest. Dann schüttete sie dieser ihr Herz aus und erzählte von ihrem Bruder. Er war ursprünglich katholischer Priester, verliebte sich in eine Frau und musste den Beruf aufgeben, was ihm schon ziemlich schwergefallen war. Sie bekamen ein Kind, das nach zwei Jahren starb. Daran zerbrach die Ehe. Ihr Bruder kratzte seine Ersparnisse zusammen und reiste nach Jerusalem zur Grabeskirche. Es war Ostern. Dort geschah es. Im Dunstkreis des Erlösers bekam ihr Bruder Schreikrämpfe und riss sich die Kleider vom Leibe. Schnell eilte man ihm zu Hilfe und verhinderte Schlimmeres. Seitdem kämpft er mit leichten epileptischen Anfällen und ist geistig verwirrt. Die Alte nickte bedeutungsvoll zu dem Gehörten und meinte, dass es im Angesicht des Herrn nicht nur Wunderheilungen gäbe, sondern auch Menschen erkrankten und schloss mit den Worten von Gottes Wegen, die leider unerforschlich seien. Die Schwester war erleichtert, zumal ihr Bruder gerade aus den sanitären Einrichtungen auftauchte und sich offensichtlich beruhigt hatte. Wortlos trank er den inzwischen etwas lauwarmen Kaffee. Die beiden Frauen hatten ihr Thema gefunden. Die Alte schlug vor, dass sie mit ihrem Bruder nach Lourdes pilgern solle, vielleicht erfahre er dort Heilung. »Glauben Sie an Wunder?«, fragte die Schwester die Alte. Diese lächelteund meinte hintersinnig: »Wer an Wunder glauben will, dem werden sie auch helfen. Bei ihrem Bruder bin ich mir da sicher.« Dann erzählte sie etwas von sich. Sie war Pflegerin in einem Heim für geistig und körperlich behinderte Menschen. Obwohl sie erst Anfang sechzig sei, ist sie schon seit vier Jahren in Rente, weil sie es einfach nicht mehr ausgehalten habe. »Noch ein Jahr länger und die hätten mich gleich auch dort behalten können«, meinte sie. Zwar haben ihnen die Ärzte und die Klinikleitung immer wieder die These vor Augen gehalten, dass der

Arzt nicht mit seinen Patienten stirbt, aber wem das erforderliche »dicke Fell« für diesen Beruf fehlt oder abhanden kommt, muss aufhören oder in eine andere Tätigkeit wechseln. Sie habe sich gewissermaßen nebenberuflich mit Wunder und Wunderheilungen befasst, zumal ihr die zur Verfügung stehende psychiatrische Literatur allerhand Stoff lieferte. Dabei habe sie noch Glück gehabt. Betreuer in geschlossenen Anstalten haben es alltäglich mit Psychopaten zu tun, die schwere Verbrechen begingen, bevor sie weggeschlossen wurden. Eine Kollegin, mit der sie sich ab und zu noch treffe, habe ihr da Sachen erzählt.... .

»Jedenfalls war ich nach diesen Gesprächen froh, in meinem Pflegeheim solchen Typen nicht begegnen zu müssen.« Das Gespräch stockte. In die Stille hinein sagte der Mann, der bisher schweigend seinen Kaffee getrunken hatte, dass ein Engel durch den Raum schwebe, wenn niemand etwas sagt. Seine Schwester fragte ihn, ob er noch einen Kaffee möchte. »Nein, ich trinke noch ein Wasser. Möchtet ihr einen Kaffee?« Die beiden Frauen sahen sich kurz an und nickten bejahend. Als die beiden Kännchen auf dem Tisch standen, setzte die Alte mit ihren Erinnerungen fort. Unerträglich wurde es in den geschlossenen Anstalten nach der Wende, als Psychologen oft schweren Psychopaten Heilung bescheinigten und diese wieder frei kamen. Eine Kollegin erzählte von einer jungen Psychologin, die mit ihren Patienten, zumeist Frauenmördern, ins Bett ging. Hatte sie drei Nächte mit den Kerlen überlebt, bescheinigte sie diesen ihre Heilung. Bei den Pflegerinnen war die Frau verhasst. Mit grimmigem Humor prophezeite man ihr, demnächst selbst in der Psychiatrie zu landen oder von einem ihrer Patienten im Bett erwürgt zu werden. Soweit ist es nicht gekommen. Als einer ihrer ehemaligen Patienten erneut einen Frauenmord beging, wurde sie selbst angeklagt.

Langsam wurde es dunkel. Wie zu einem Kinde redend, forderte die Frau ihren Bruder auf, mit nach Hause zu kommen. Sie fragte ihre Gesprächspartnerin, ob sie hier öfters einkehre. Es hat ihr sehr gut getan, mit jemanden sprechen zu können. Sie versprach wieder zu kommen.

Während es an diesem Tisch ruhig wurde, war an einem anderen Tisch ein Glaubenskrieg ausgebrochen. Ein älterer Biertrinker erinnerte sich an die grünen Bierflaschen zu »Ostzeiten«, aus denen speziell Bauarbeiter den Verzehr verweigerten, während andere biertrinkende Berufsgruppen die grünen den braunen Flaschen sogar vorzogen. Einer meinte, dass die braunen Flaschen ernährungsphysiologisch vorteilhafter seien, wobei er Mühe hatte, das Wort »physiologisch« halbwegs verständlich auszusprechen. Gelächter machte sich breit. Ein anderer stand auf, schwankte leicht und gab laut lallend zum Besten, dass man ihn mit der Physiokacke verschonen solle. Er habe in seinem langen Biertrinkerleben die Erfahrung gemacht, das Bier aus vollen Flaschen immer noch am besten schmecke, egal ob braun oder grün. Für dieses Schlusswort erntete er regen Beifall. Der so dem Gespött preisgegebene Ernährungspsychologe meinte nun, dass dieser seine Behauptung am besten unter Beweis stelle, in dem er erst einmal eine Runde ausgebe. Wieder Beifall. Der so Angesprochene gebot mit einer wütenden Geste Schweigen, starte vor sich hin und brummte: »Ruhe, sonst verzähle ich mich.« Dann trabte er mit den leeren Flaschen unter dem Arm zur Theke, wobei ihm die anderen tragen halfen.

## VIII

»Grauer Wolf sucht junge Füchsin«

Was dann kam waren die üblichen Angaben des »Wolfes« zur seiner Größe, dem etwaigen Alter und seine Interessen und Vorzüge. Die »Füchsin« sollte Anfang vierzig und trinkfest sein. Frank Siebert musste lächeln, als er die Kontaktanzeige las. Er stellte sich vor, wie viele Frauen über sechzig, im Alter des Wolfes, beim Lesen dieser Anzeige in Entrüstungsrufe ausbrechen werden und kein gutes Haar an diesem Kerl lassen. Bei allen Wutausbrüchen älterer Frauen – es ist Tatsache: Männer finden eher eine wesentlich jüngere Frau, als Frauen jüngere Männer. Siebert legte die Zeitung beiseite. Er schaute zur Uhr. In einer halben Stunde wird Ines zu Hause sein. Er dachte an die Anzeige und fragte sich: »Bin ich der graue Wolf?« Zwanzig Jahre trennten sie. Ines, seine zweiten Frau, blond und schlank, ist weniger der Typ des »Füchsleins«. Unter einer Füchsin stellt man sich eher eine rothaarige Frau vor. Er hat eher etwas Mitleid mit dem grauen Wolf. Frank Siebert glaubt nicht daran, dass man/Mann seine Traumfrau per Anzeige findet. Das Leben bietet so viele unspektakuläre Gelegenheiten, sich kennen zu lernen. Es liegt jetzt neun Jahre zurück: Er wollte sich am Drei-Kaiser-Hof in der Trinkhalle einen Kaffee kaufen. Der Wirt konnte seinen Zwanzig-Mark-schein nicht wechseln und Frank wollte, ohne seinen Kaffeedurst gelöscht zu haben, gerade gehen, als ihn eine junge Frau ansprach, die sein Ungemach beobachtet hatte. Sie spendierte sich und ihm einen Kaffee. Knapp ein Jahr danach heirateten sie. Sie, die alleinstehende Frau hatte ihm ihr Ja-Wort gegeben. Ihn, geschiedener »Ehekrüppel«, wie er sich selbstkritisch bezeichnete, ein

Mann, zwanzig Jahre älter, mit Ansatz zu Korpulenz und akademischer Stirnglatze, war ihr Auserwählter. Was er an Ines besonders schätzte, sie hatten ihm nie das Gefühl gegeben alt zu sein.

Frank trat ans Fenster. Hier oben in der Loggia blickte er über die Altstadt von Dresden. Gleich neben dem Fenster hing eine auf das A 3 – Format vergrößerte Postkarte von Alt-Dresden in einem dunklen Rahmen unter Glas. Wenn er hinausschaute, konnte er immer Gegenwart und Vergangenheit vergleichen. Einige Hochhäuser und Schornsteine waren dazu gekommen. Siebert liebte seine Stadt, denn hier war er glücklich und zu Hause. Über achthundert Jahre ist Dresden nun alt und doch jung geblieben. Die etwas bieder wirkende Residenzstadt aus dem neunzehnten Jahrhundert hatte sich zu einer modernen und jungen Großstadt gemausert.

Ein Schlüssel drehte sich im Schloss. Er hörte, wie Ines erst in die Küche ging. Bestimmt hatte sie wieder eingekauft, obwohl das eigentlich seine Aufgabe als Rentner war. Ines besaß die Kunst, auch Bedeutungsloses zu einem Ereignis zu machen. Er erinnerte sich, wie sie eines Tages nach Hause kam und strahlend verkündete: »Frank, ich werde die Farbe meines Lippenstiftes wechseln!« Zur Demonstration griff sie in ihre Tasche und holte den Stift hervor, nahm die Kappe ab und drehte ein wenig daran. Da sie ihn gegen das Licht hielt, konnte er nur die dunklen Umrisse erkennen. Deshalb unterließ er jeden Kommentar. Ines bemerkte ihr Ungeschick und fordert ihn auf, mit ins Bad zu kommen, um sich von der kosmetischen Wirkung unmittelbar überzeugen zu können. Sie standen beide vor dem blendfrei beleuchteten Spiegel. Er hielt sie bei den Schultern und schaute zu, wie Ines fast rituell ihre Lippen mit diesem Weinrot ein-

strich. Er wunderte sich. Obwohl er ihr gern bei ihren
kosmetischen Vorbereitungen zuschaute, hatte sie ihm
öfters deutlich zu verstehen gegeben, dass sie dabei keine
Zuschauer schätze, selbst ihn nicht. Und heute durfte er
bei der Einweihung des Lippenstiftes dabei sein. Als sie
fertig war, drehte sie prüfend ihren Kopf vor dem Spiegel
hin und her. Das dunkle Rot hob sich vom Büroalltag
blassen Antlitz deutlich ab. Obwohl ihr Gesicht in diesem Moment beinahe etwas leicht wirkte, faszinierte sie
ihn. Seine Aufforderung, den Stift einem sofortigen
Qualitätstest zu unterziehen, kam sie prompt nach und
küsste ihn. Frank glaubte den Geschmack von Vanille zu
schmecken und spürte sein Verlangen nach ihr. Auch Ines
schien es ähnlich zu ergehen. Mit den Worten: »Ich könnt
schon wieder«, schob sie ihn sacht von sich. Die Tageszeit wäre dazu zu unanständig meinte sie seufzend. »Das
stimmt nicht«, dozierte Frank: »Wir Menschen denken
zu wenig unorthodox und glauben, die Liebe sei einzig
und allein der Nacht vorbehalten.« Das stimme genau so
wenig, wie die Behauptung, Sex wäre nur im Bett möglich. Mit diesen Worten ergänzte sie seine sexual-
ethischen Ausführungen.
Wenige Minuten später kam Ines mit einer Flasche
Rotwein ins Zimmer und erzählte, dass sie seinen Sohn
heute am Drei-Kaiser-Hof in der Nähe der Trinkhalle
gesehen hätte. »Es sah aus, als ob er im Dienst wäre,
jedenfalls guckte er so nichtssagend, so wie alle Kriminalisten und Geheimdienstler in dieser Situation.« Frank
lachte. Er erinnerte sich, dass sein Sohn einmal von einem
Gefängnisausbruch berichtete, dessen Spur in jene Trinkhalle führte, in der er Ines kennen gelernt hatte.
»Ob Andreas immer noch an diesem Fall dran ist?«, überlegte er und griff zum Telefon.

Sein Sohn meldete sich am anderen Ende. Die Frage seines Vaters bestätigte er, meinte aber, dass das nichts fürs Telefon sei. Dann forderte er seinen Vater und Ines auf, am Wochenende zum Grillen zu kommen.

Frank Siebert glaubte den Geruch des Feuers zu riechen, je näher er dem Garten kam. Der Wunsch, die Köstlichkeiten des Grills mit alkoholischen Getränken zu genießen überwog vor der Bequemlichkeit, mit dem Auto direkt bis vor die Gartentüre fahren zu können. So hatten sich Frank und Ines auf einen längeren Fußmarsch eingelassen, ehe sie den Garten erreichten. (Für die Rückfahrt werden sie sich ein Taxi bestellen.) Von dem Garten an den Hängen im Osten von Dresden hatte man einen herrlichen Blick über das Elbtal bis hin zur Sächsischen Schweiz. Frank hatte Hunger. Deshalb galt seine ganze Aufmerksamkeit dem Geschehen am Grill und nicht den Naturschönheiten. Diese rückten erst nach der ersten Bratwurst in Franks Blickfeld. Sohn Andreas hatte alle Hände voll zu tun: Steaks wenden, Holzkohle nachlegen und zwischendurch auch noch den Blasebalg bedienen. Erst als ein Nachbar Andreas ablöste, damit er auch einmal zum Essen kam, konnte er erzählen:
»Wir haben erfahren«, so begann der Hauptkommissar, »dass ein Journalist hinter dem Gefängnisausbruch her ist und offensichtlich Kontakt zu der Ehefrau des geflohenen Russen aufgenommen hat. Einer Spur, der wir auch schon nachgegangen waren. Uns ist es aber verboten, Journalisten so ohne weiteres anzuzapfen. Also blieb uns nur die Observation und die Hoffnung, dass uns dieser Mann zu einer heißen Spur führt. Es geht schon gar nicht mehr um den geflohenen Russen. Wir befürchten, dass da eine Ausbruchsmafia am Zuge ist, die gegen eine

mäßige Gebühr von fünftausend Euro bereit ist, Leute aus dem Knast zu holen. Die Presse hilft uns nicht, diesen Leuten das Handwerk zu legen, sondern will die Polizei und Justiz vorführen, unsere Unfähigkeit beweisen. Der Leser soll den Eindruck gewinnen, die Gangster spielen mit uns Jojo.«

Was Andreas seinem Vater und den anderen nicht erzählte, sein Aufenthalt an diesem Tage in der Trinkhalle, diente dazu, einen V-Mann zu installieren. Ein Mann mit Detailkenntnissen aus dem Knastologenmilieu war mit dem Journalisten verabredet und der Hauptkommissar wollte die erste Kontaktaufnahme lediglich observieren, zumal der V-Mann ihm bis dahin auch nicht persönlich bekannt war. Diesen Mann anzuheuern und einzuschleusen erfolgte durch ein anderes Dezernat. Als plötzlich die Ehefrau des geflohenen Russen auftauchte, musste er schleunigst verschwinden, um nicht wiedererkannt zu werden. Das wenig erquickliche Gespräch aus dem Arbeitsalltag des Hauptkommissars wurde unterbrochen, als Andreas´ Frau und Ines mit je einem schönen Strauß Gartenblumen zu ihren Männern traten und gelobt werden wollten. Sie erinnerten ihre Männer an die Symbolkraft der Blumen und zitierten gemeinsam:

»Nimmst du Rosen, willst du kosen
Nimmst du Narzissen, willst du küssen
Nimmst du Wicken, willst du ......«

Der Rest ging in allgemeinem Gelächter unter. Nun waren die Männer »am Zuge«, ob der eben gehörten Rezitation über die Frauen herzufallen. Andreas meinte zu seinem Vater gewandt: »Da heißt es immer nur wir Männer kennen und erzählen unanständige Witze und frivole Gedichte!« Frank meinte etwas hintergründig, dass solche negativen Erscheinungen eben nur bei jüngeren Frauen zu finden seien. In seiner Generation wären die Frauen noch anständig. Dabei zog er Ines scherzend auf seinen Schoß und meinte, dass er wohl noch viel Erziehungsarbeit leisten müsse. Die Diskussion über die Moral der Frauen verebbte, als ein Tablett mit Bratwürsten herumgereicht wurde. Schließlich kamen alle überein, dieser in das Fadenkreuz der polizeilichen Ermittlung geratenen Imbissstube einmal einen gemeinsamen Besuch abzustatten. Der Hauptkommissar schimpfte: »Ihr Spießer! Verruchte Kneipen kennt ihr nur aus dem Fernsehen. Und nun erfahrt ihr, dass es so ein vermeintliches Lokal in eurer Nähe gibt. Bei dem Gedanken, dort euer Bier zu trinken, läuft euch jetzt schon ein Schauer den Rücken herunter.« Einige lachten. Sein Vater staunte ob der feuilletonistischen Gabe seines Sohnes. Als Andreas dann noch zu berichten wusste, dass dort schon einmal spontan Striptease stattgefunden habe, ging die Fantasie besonders mit den jüngeren Männern völlig durch. Abenteuer mit Frauen hinter der tschechischen Grenze machten die Runde. Dazu gehörten auch Schilderungen aus einschlägigen Clubs in Dux und anderswo. Schließlich ermahnten die Frauen ihre Männer vernünftig zu bleiben. Der vieldeutige Hinweis auch hier leicht bekleidete oder nackte Frauen, aber wesentlich preiswerter, anschauen zu können, bewirkte einen Themenwechsel. Frank dachte dabei an Ines. Der Gedanke, dass sie öffentlich, vor allem hier, auftreten könnte, bereitete ihm allerdings Unbehagen.

Conni und Prinz Feldschlösschen spazierten Händchen haltend durch die Parkanlagen des Bienertparkes. Beide ließen sich im Strom der sonntäglichen Spaziergänger treiben. Rechts rollten die Züge vorbei, links hörte man, wenn kein Zug fuhr, die Weißeritz plätschern. Als der ICE, aus Dresden kommend, an ihnen vorbeirauschte, blieb Prinz nachdenklich stehen und schaute ihm versonnen hinterher. Der Zug hatte noch nicht volle Fahrt aufgenommen und präsentierte sich so in seiner ganzen in Silber glänzenden Schönheit den Spaziergängern. Nur die braun getönten Fensterscheiben wirkten etwas anonym und unpersönlich. »Was hast du, Friedemann?«, fragte Conni. Wenn sie unter sich waren, gebrauchte sie seinen richtigen Namen. Es klang intimer als der Spitzname »Prinz«. Friedemann lächelte Conni an und meinte: »Hier bin ich als Kind mit meinem Vater oft spazieren gegangen. Damals fuhren die Züge noch mit Dampfloks. Manchmal konnten wir in der Eile die Zieltafeln nicht lesen oder sie fehlten schlichtweg. Bei roter Beschriftung wussten wir, es handelte sich um internationale D-Züge. Dann entfalteten wir unsere Fantasie über die Reisenden, die man hinter den klaren Fensterscheiben sitzen sah. Noch romantischer waren die Abend- und Nachtzüge. Ihre Innenbeleuchtung erhellte kurzzeitig die Bäume und Büsche des Tals und man konnte die Leute deutlich erkennen. Manchmal sah man Thermoskannen und Brotbüchsen auf den Fensterbrettern stehen. Hatte der Zug einen Speisewagen, erkannte man neben den MITROPA – Gästen auch die Kellner in ihren weißen Jacken. Einmal kam ein Kellner mit einem Tablett voller Biergläser vorbei. Wir saßen so nahe an der Böschung, dass mein Vater scherzhaft seinen Arm hob und ein Bier für sich bestellte. Wir mussten lachen. Dann meinte mein Vater neidvoll, übrigens ein großer Biertrinker vor dem Herrn, dass im Speisewagen nur gute, meistens Exportbiere ausgeschenkt wurden und nicht die übliche Plempe, wie man sie damals im Konsum oder HO bekam.«

Conni legte ihren Kopf an seine Schultern und meinte, dass seine Liebe zum Bier ihm vom Vater anerzogen wurde. Friedemann bestätigte das, meinte aber, dass sein Vater ein anständiger Mensch war und nie gesessen hatte, im Gegensatz zu ihm. Auf Connis Frage, was sein Vater von Beruf war, antwortete er: »Schmied im Reichsbahn Ausbesserungswerk, also ein beinahe Eisenbahner.« Die schwere körperliche Arbeit, der Schmutz und all das Drum und Dran, habe ihm den Beruf und die Arbeit im Werk verleitet. Langsam gingen sie weiter. Conni fragte, ob sie im Drei-Kaiser-Hof Kaffee trinken wollen. Friedemann nickte zustimmend aber laufen wolle er nicht. »Wenn man dann erschöpft dort ankommt, schmeckt einem das Bier nicht«, meinte er und die beiden schlugen den Weg zur Bushaltestelle ein. Der Bus war voll und sie nahm auf seinem Schoß Platz, was bei der Ungleichheit des Paares bei einigen Fahrgästen ein Schmunzeln hervorrief. Er, klein und zierlich, sie größer als er und korpulent.

Angekommen, bestellten sie tatsächlich zwei Kaffees. Um nicht völlig aus der Rolle zu fallen, holte sich Friedemann vorsorglich eine Flasche Feldschlösschen. Die besorgten Gesichter der anderen, das der Prinz etwa zum Kaffee konvertiert sei, glätteten sich. Nur Conni verzichtete vorerst auf eine Flasche. Aber das sollte nicht die letzte Überraschung an diesem Sonntagnachmittag bleiben. Ein weiterer Gast sorgte für Aufsehen: Nathalie erschien in Begleitung ihres Freundes. Herr v. Thurmbach gab der Trinkhalle die Ehre seines Kommens und bestellte – Bier für beide, die am Tisch von Conni und Friedemann Platz genommen hatten. Der Anwalt wirkte zwar etwas erschöpft aber aufgeräumt. »Nathalie und ich waren in der Sächsischen Schweiz wandern. Jetzt habe ich nur noch Bierdurst.« Zum Unterstreichen seiner Worte hob der Rechtsanwalt die Flasche und der Prinz stieß mit ihm an. »Ich heiße Fritz«, sagte der Rechtsanwalt. »Und ich bin der Prinz«, erwiderte dieser, was Conni nicht unwidersprochen hinnahm und meinte: »Du heißt Friedemann.« Die beiden Männer fanden trotz ihrer Unterschiedlichkeit schnell ein gemeinsames Thema: Fußball. Bei den Gesprächen ging es vor allem um die Bundesliga. Da Herr v. Thurmbach kein Dresdner ist, war Dynamo für ihn relativ unbekannt. Auch der Prinz fand den Regionalligisten Dynamo Dresden nicht so attraktiv, als das es sich lohnte, groß über ihn zu sprechen. Fußballspiele im Stadion anzusehen war für ihn finanziell schon lange nicht mehr möglich, und Conni interessierte sich nicht für Sport, so dass er es unterließ, sie um Eintrittsgeld zu bitten. Da es in der Kneipe keinen Fernseher gab, hatte einer der Männer inzwischen sein Kofferradio eingeschaltet und man verfolgte die Sonntagsspiele aus der Rundfunkübertragung. Das hatte zur Folge, dass entsprechende Kommentare zu den Geschehnissen auf dem Rasen nur aus dem vom Reporter Gesagten herrührten oder reine Spekulationen oder Vorurteile waren.

Je länger sich der Anwalt mit dem Prinzen unterhielt, desto mehr fragte er sich, woher er die Stimme kannte, wo er schon einmal glaubte, diese gehört zu haben. Dann fiel es ihm ein:

Es lag vielleicht drei Wochen zurück, als er in der Umkleidekabine eines Kaufhauses stand. Gesprächsfetzen der Vorbeigehenden drangen, gedämpft durch den Vorhang, an sein Ohr. Doch dann hörte er deutlich unverkennbares Sächsisch: »Heute gönn' wir nischt glaun, hier is zu viel los.«

Er erinnerte sich, dass er ein Auflachen unterdrückte. Da fiel ihm ein Bonmot aus seiner Studienzeit wieder ein, dass einer seiner Juraprofessoren und ehemaliger Staatsanwalt zum Besten gab: »Wenn jeder jeden beklaut, fehlt keinem was!«

Je länger er darüber nachdachte, glaubte er im Prinzen die Stimme aus dem Kaufhaus wieder zu erkennen. Doch er unterließ es, ihn darauf hin anzusprechen. Der sächsische Dialekt, für ihn noch ungewohnt, lässt viele Stimmen gleich oder ähnlich klingen. Als verwertbarer Beweis müsste ein Stimmenabgleich durch ein Akustiklabor vorliegen. Langsam begann ihm das Bier zu Kopf zu steigen, was seine objektive Wahrnehmung ohnehin beeinträchtigte. Er blickte zu seiner Freundin, die sich angeregt mit Conni unterhielt. Er stand auf und zwängte sich auf der Bierbank zwischen die beiden Frauen. Mit generöser Geste legte er seine Arme um ihre Schultern und schaute sie lächelnd aber wortlos an. »Na, wie wäre es mit einem flotten Dreier!« meinte Conni und zwinkerte mit ihren Augen.

»Wenn ich nüchtern wäre, wäre ich jetzt bestimmt rot geworden«, dachte der Anwalt und erwiderte: »Vielleicht ein anderes Mal, heut bin ich zu müde.« Nathalie vernahm es mit Erleichterung.


Tränen tropften auf den Brief. Die Schrift verwischte nicht, sie kam aus einem Laserdrucker.

»...*teilen wir Ihnen mit, dass Lawerow, Jewgeni Antonowitsch seinen Verletzungen erlag.*«

Alle sonstigen Angaben zum Hergang oder Fragen zur gewünschten Bestattung nahm Conni nicht mehr war.

Die Unterschriften waren ohnehin unleserlich. Vor sich hin starrend fand sie Friedemann am Wohnzimmertisch sitzend. Seine Fragen blieben unbeantwortet. Erst als er ihr den Brief aus der Hand nahm, was sie geschehen ließ, begriff er. Als Conni einen Weinkrampf bekam, rief er bei Nathalie an. Während der Prinz mit seiner Conni zum Arzt ging, fuhr Nathalie mit dem Brief zu Friedrich in die Kanzlei und bat ihn, sich der Sache anzunehmen.

Zu den Klienten des Rechtsanwaltes Herr v. Thurmbach gehören auch höhere Polizeioffiziere. Da bekanntlich gute Beziehungen nur dem schaden, der keine hat, hatte sich der Anwalt bei einem ihm bekannten hohen Beamten angemeldet, um Näheres über den Tod von Connis Mann zu erfahren. Zwei gefüllte Kaffeetassen standen auf dem Tischchen, sogar etwas Gebäck in einer blechernen Keksdose lud zum Knappern ein. Der Gastgeber hatte sein grünes Jackett mit den beiden goldenen Sternen auf den Schulterstücken geöffnet. Sein Telefon summte leise, ehe im Vorzimmer abgehoben wurde, um dem Anrufer mitzuteilen, dass der Herr Oberrat nicht zu sprechen sei.

»Dieser Lawerow gibt einen druckreifen Krimi ab«, bemerkte der Polizeioffizier. Dann berichtete er, wie es dem Russen gelungen war, aus dem Knast zu fliehen und erfolgreich ins Böhmische zu entkommen:

»Er war den tschechischen Behörden als Mitglied einer Russenbande bereits aufgefallen, da er aber falsche Papiere hatte, brachte man ihn vorerst nicht mit dem auf der Fahndungsliste stehenden Lawerow in Verbindung. Vor zehn Tagen überfuhr ein BMW eine Straßensperre und landete auf dem Nagelbrett. Daraufhin versuchten ein Mann und eine Frau zu fliehen. Sie wollten sich den Fluchtweg frei schießen. Der Mann landete darauf hin angeschossen im Krankenhaus, während die Frau unverletzt festgenommen werden konnte. Im Krankenhaus gestand er, dass er Jewgeni Lawerow sei und in Deutschland aus dem Gefängnis entflohen war. Der Abgleich der Fingerabdrücke bestätige seine Aussage. Noch während die erkennungsdienstlichen Überprüfungen liefen, verstarb er. Ein Mitverschulden Dritter schließen die tschechischen Kollegen aus. Er verstarb an den Folgen der Schussverletzungen.« Stille. Wortlos tranken beide von ihrem Kaffee. Dann fragte der Anwalt, lediglich Interesse halber, weshalb man gegen ihn ermittelt habe. »Das Übliche, Mädchen- und Waffenhandel«, erwiderte der Oberrat. Sein Gast konnte es sich nicht verkneifen, zu bemerken, dass der Mädchenhandel eher mit Rauschgift und weniger mit illegalen Waffengeschäften in Verbindung stünde. Dann besprachen sie noch Einzelheiten über die Rückführung des Toten. Mit den sonstigen Formalitäten belästigte der Anwalt seinen Bekannten nicht. Da wusste er, was zu tun ist. Die Frage, ob die Witwe ihren Mann noch einmal sehen dürfe, wurde bejaht.

Conni saß während dessen bei Nathalie auf dem Sofa. Trotz des schönen Wetters hatte sie keine Lust, ein Bier trinken zu gehen. Sie war über sich selbst erschrocken, dass ihr der Tod dieses, ihres Noch-Ehemannes, so nah ging. Selbst Friedemann war ihr jetzt zu viel und sie überlegte, ob sie nicht bei ihrer Freundin übernachten solle.

## IX

So ein Flugplatz ist schon ganz schön aufregend, vor allem, wenn man noch nie einen von innen gesehen hatte, wie die siebenjährige Pamela, die mit ihrer Mutter zusammen nach Deutschland eingeladen war. Die Initiative ging weniger von Jochen, sondern eher von den alten Bernemanns aus, die neugierig auf ihre künftige Schwiegertochter und Enkelin waren. Für Pamela war alles neu und interessant: ob es die Koffer waren, die neben der Abfertigung, mit einer Papierschleife versehen auf einem Förderband verschwanden, oder die große Lupe ohne Glas, mit der sie abgetastet wurde und die leicht dabei piepte. Es war schlichtweg faszinierend. Und dann der Start. Wenn sie von ihrem Fensterplatz nach hinten schaute, konnte sie das große Triebwerk sehen, wie es sich langsam drehte, immer schneller wurde, die Flügel begannen zu beben – Mutter korrigierte sie: »Das sind Tragflächen.« Noch hatten die Triebwerke nicht die nötige Drehzahl und der Jet klebte am Boden. Dann löste der Pilot die Bremsen und die Maschine schoss nach vorn, wurde immer schneller und löste sich langsam vom Boden. Sie sah aus ihrem Fenster. Dadurch merkte Pamela, dass sie plötzlich in der Luft waren. Auf dem Bildschirm im Mittelgang leuchtete eine Landkarte auf und zeigte die Flugroute an. »Wir fliegen nach Deutschland, Mama?«, fragte sie. Dabei sprach sie den Zielort *Deutschland* in der noch ungewohnten deutschen Sprache aus. Pamela hatte sich bemüht, vor der Reise einige Worte in Deutsch zu lernen: *Flugzeug*, *guten Tag*, *danke* und *bitte*, *Eis essen* und *Schokolade* gehörten zu den Vokabeln, die ihr keine Schwierigkeiten mehr machten. In Dresden angekommen, bestaunte das Mädchen die Kofferbänder. Gespannt verfolgte sie, wie ihre rote Reisetasche, aus dem Gepäcktunnel kommend, langsam auf sie zu kam... .

Zur gleichen Zeit entstiegen Nathalie und Friedrich am Flugplatz einem Taxi. Friedrich musste zu einem Klienten nach Frankfurt und Nathalie hatte ihn begleitet. Auch für sie war ein Flugplatz etwas Neues. Sie hatte sich vorgenommen, wenn er weg ist, noch durch die Geschäfte zu bummeln. Während sie so durch die Halle schlenderte, traf sie auf die Wartenden, die Ankommende empfangen wollten. Sie stutze, da ist doch Jochen! Gespannt blieb sie stehen, neugierig, auf wen er wartete. Sie wurde angerempelt. Eine Frau entschuldigte sich bei ihr und tippelte nervös weiter. Als sie wieder hinsah, hielt Jochen eine junge Frau im Arm. Daneben stand ein kleines Mädchen, verlegen lächelnd. Jochen ließ die Frau los und hob das Mädchen hoch, das ihn nun strahlend wie ihren Papi ansah. »Aha, deshalb warst du so zurückhaltend«, dachte Nathalie, und erinnerte sich ihrer Begegnung im Drei-Kaiser-Hof und seine Ablehnung, mit in ihre Wohnung zu kommen. Mit Blicken, etwas neidisch, verfolgte sie die Drei, wie sie dem Ausgang zustrebten. Sie überdachte ihre Beziehung zu Friedrich und ertappte sich bei dem Gedanken, von ihm ein Kind zu bekommen. Seine Ehe war bisher kinderlos. »So ein Mann von Adel braucht schließlich einen Stammhalter. Wenn er sich scheiden ließ und sie heiratete, wäre sie eine Baronin«, ging es ihr durch den Kopf. Sie dachte an die Clique in der Trinkhalle und wie es wäre, wenn sie als frisch verheiratete Baronin einen ausgeben müsste. Nathalie fuhr sich über das Gesicht als wolle sie ihre absurden Gedanken wegwischen. Nur der Kinderwunsch blieb in ihr haften. Sie war sich bloß nicht klar, ob sie es vorher mit Friedrich besprechen oder es einfach darauf ankommen lassen soll. Am besten, sie beredet das mit Conni. Wenn sie hier fertig ist, wird sie ihre Freundin anrufen. Bei einer Tasse Kaffee und Kuchen lässt es sich doch schön über Familienplanung plaudern. Es muss nicht immer Bier mit Cola sein und es muss nicht unbedingt im Drei-Kaiser-Hof sein. Während sie noch so ihren Gedanken nachging, bemerkte Nathalie, dass sie schon eine ganze Weile vor einem Regal mit Kinderbekleidung stehen geblieben war. Sie nahm ein paar Cordhosen zur Hand. Auf den Taschen waren gelbe Herzen aufgenäht. Dann geriet ihr ein Trachtenkleidchen mit weißen Rüschchen in die Hand. »Dasselbe Kleid in meiner Größe könnte ich sogar anziehen«, dachte sie und sah sich an der Seite einer kleinen Tochter zum Spielplatz gehen.

»Gut Nathalie, ich werde die Patenschaft über dein Kind übernehmen. Es sei denn, dein Fritz hält mich für standesgemäß.« Das war Connis Antwort auf Nathalies Kinderwunsch.
»Wenn er mich nicht heiratet, bist du in jedem Falle standesgemäß«, erwiderte Nathalie. Dann ergingen sie sich im unendlichen Für und Wider zu diesem Thema. Conni kam zu dem Schluss, dass es für sie besser sei, kein Kind von Jewgeni zu haben. Der Gedanke, als allein erziehende Mutter ihr Dasein zu fristen, erschien ihr wenig verlockend. Bei dem Hinweis sich vom Prinz Feldschlösschen ein Kind machen zu lassen, winkte Conni energisch ab und meinte, dass sie sich ihren Prinzen schlecht als Vater vorstellen könne, ohne dabei auf Einzelheiten einzugehen.
Während die beiden Frauen in einem Bäckerladen bei Kaffee und Kuchen über Familienplanung nachdachten, saß Connis Freund allein in der Kneipe.
»Wo hast du denn heute deine Conni gelassen?« wurde der Prinz gefragt, als er allein erschien. »Die hat posthum Liebeskummer«, antwortete er. »Post was?« wurde er vom Chor der Anwesenden gefragt. »Na, das sagt man

doch so, wenn jemanden einem Verstorbenen – na ja eben so.« Nun hatte sich der Prinz völlig verfangen und merkte, dass Fremdwörter für ihn nach wie vor Glücksache waren. Während die einen ihn auslachten, drohten ihm andere mit Saalverbot, wenn er wieder derartigen Mist reden würde. Woher er solche Ausdrücke überhaupt habe, wurde er gefragt. Einer schlug vor, dass Prinz Feldschlösschen zur Strafe eine Woche lang nur noch alkoholfreies Bier trinken dürfe, es sei denn, er gibt einen aus. Alkoholfreies Bier kam für ihn fast einem Entzug gleich. Alkoholfreies Bier war für ihn ebenso wenig ein Bier, wie ein Eunuch ein Mann war. Panik machte sich in ihm breit. Gehetzt durchsuchte er alle seine Taschen nach Barem. Da endlich, in der Gesäßtasche steckt noch ein Zehn-Euroschein. Er war gerettet. Nachdem sich die Wogen der Entrüstung ob seines intellektuellen Ausrutschers etwas gelegt hatten, erzählte er von seinem Besuch beim Rechtsanwalt. »Ihr wisst schon, der Fritz, mit dem die Nathalie geht«, erläuterte er der Tischrunde. Nun erfuhren alle, dass Gustaf, Connis Ehemann, in Prag erschossen worden war und damit die Scheidung hinfällig wurde. »Die mit dem Tod verbundenen Formalitäten hat Fritz übernommen und da war ich mit ihr bei ihm«, begründete der Prinz sein spätes Kommen. Dann zeigte er quer über die Straße auf den Sitz der Anwaltskanzlei. Spontan wurde beschlossen, eine Trauerfeier, wie es sich für einen ehemaligen Soldaten geziemte, auszurichten. Jeder der an der Trauerfeier teilnehmen wollte, bestellte sich ein Glas Hochprozentigen. In die Mitte des Tisches kam, symbolisch für den Verstorbenen, ein Glas mit dem nun jeder anstoßen konnte. Nachdem alle ausgetrunken, gehustet und sich geräuspert hatten, nahm der Wirt ein Feuerzeug und zündete es an. Andächtig standen alle um den Tisch und schauten auf die blaue Flamme. Es herrschte Schweigen bis der letzte Tropfen verbrannt war.

Als wenige Minuten später auf der Straße ein Lastwagen mehrere Pakete mit Lumpen verlor und damit den Nachmittagsverkehr zum erliegen brachte, war die Trauerfeier fast vergessen. Das Lokal leerte sich. Alle hatten sich mit ihren Flaschen in der Hand an den Straßenrand gestellt und warteten auf Polizei und Feuerwehr. Da es sich bei dem nachkommenden Fahrzeug um einen Sattelschlepper handelte, gab es weder Sachschäden und verletzt wurde auch niemand. Umso größer war das Schimpfkonzert der beiden Fahrer.

Vor dem großen Spiegel im Schlafzimmer ließ Ines das Badetuch fallen und betrachtete prüfend ihren Körper. Sie gefiel sich: keinen Bauch, keine erkennbaren Merkmale einer Entbindung, BH nicht unbedingt erforderlich. Die blonden Haare bedurften keiner künstlichen Aufhellung. Darum wurde sie von vielen beneidet. Vor allem auch wegen der eingesparten Frisörkosten. Ihre rechte Hand hielt sie sich zwischen die Beine. Sie dachte dabei an Frank. Seine Hand war größer und rauer... . Sie sann über ihre Zweisamkeit nach. Es war langsam an der Zeit, ihm aus ihrer Vergangenheit zu erzählen. Jetzt, in ihrem achten Ehejahr, die Verletzungen ihrer Jugend hatte sie längst überwunden. Frank kannte sie nur als Alleinstehende, kinderlose, beruflich engagierte Frau. Was er nicht wusste, sie war zwei Jahre lang eine alleinerziehende Mutter gewesen. Mit zwanzig bekam sie ein Kind. Der Vater war zehn Jahre älter. Auch der gemeinsame Sohn konnte offensichtlich den Bindungsunfähigen nicht bewegen, sein Junggesellendasein aufzugeben. Eigentlich war die Beziehung schon während der Schwangerschaft beendet und Ines zog mit Hilfe ihrer Eltern den Jungen groß. Eine nicht erkannte Lungenentzündung beendete das Leben ihres Sohnes. Von nun an gab es für sie nur die Arbeit. Unter ihren Kollegen erwarb sie den Ruf der »kühlen Blonden«. Kein Mann, je jünger je aussichtsloser, hatte Chancen bei ihr »zu landen«. Außerdem hielt sie wenig von so genannten Betriebsehen. Sie legte keinen Wert im Mittelpunkt von Klatsch und Tratsch zu stehen. Das blieb unausweichlich in der Phase des Kennenlernens. Ging die Beziehung auseinander, so haftete der Makel der Sitzengelassenen auf ihr. All dem wollte sie aus dem Wege gehen. Dann traf sie auf Frank. Niedergeschlagen und etwas unbeholfen wirkte er, als ihm, des fehlenden Kleingeldes wegen, der erhoffte Kaffeegenuss versagt bleiben sollte. Behutsam holte er sie aus ihrem Workaholicdasein heraus. Der Altersunterschied, der viele Frauen eher abschreckt, flößte ihr Vertrauen ein. Sie hat ihre Entscheidung, ihn zu heiaten, nicht bereut, denn sie war wieder in einer Familie zu Hause. Nur ihre Eltern litten nach wie vor unter dem Schicksalsschlag, der ihnen ihren Enkel weggenommen hatte.

Langsam zog sich Ines wieder an und dachte an die Zukunft. Was gegen die Einsamkeit tun? Nachdem Andreas, Franks Sohn, ausgezogen war, herrschte zum Teil eine beunruhigende Stille in der Wohnung. Frank kompensierte diese mit lautem Radio hören. »Sich einen Hund zulegen oder selbst noch einmal Mutter werden?«, überlegte sie. Letzteres wollte sie Frank und auch sich nicht antun. Irgendwo hatte sie einmal gelesen, dass bei Männern über fünfzig die Qualität des Samens nachlässt, was sich nachträglich auf die Kondition des Kindes auswirken könnte. Sie las zwar öfters von Prominenten, die, zum Teil siebzigjährig, noch einmal Vater wurden. Aber

die Frauen waren wesentlich jünger als sie. »Dann müsste ich mir einen fünf Jahre jüngeren Mann suchen«, dachte sie. Den Gedanken verwarf sie. Mit Frank wollte sie alt werden. Die Vorstellung, dass sie einmal seine Witwe sein würde, schreckte sie nicht. Also blieb nur ein Hund übrig. Kaum war sie fertig angezogen, hörte sie den Schlüssel im Schloss. Frank war gekommen.
»Ich schlage vor, wir legen uns einen Hund zu, einen Irish Setter. Das ist meine Lieblingsrasse. Was hältst du davon?« Dabei setzte sich Ines auf seinen Schoß. Frank dankte ihr für die gelungene Überraschung und hielt ihre Idee für gar nicht so abwegig.

Während Frank mit Ines über einen Hundekauf debattierte, schloss Friedrich v. Thurmbach die Tür zu Nathalies Wohnung auf. Er ging in ihr Schlafzimmer, zog sich aus, um zu duschen. Dabei fiel sein Blick auf ein Buch, das auf dem Nachttisch lag. »*Unser erstes Kind – ein Ratgeber für junge Eltern*« las er und ging ins Bad. Mitten im Rasieren, die Hälfte des Gesichtes war noch voller Creme, unterbrach er die Prozedur. Plötzlich fielen ihm die sprichwörtlichen Schuppen von den Augen, als er sich den Buchtitel noch einmal vergegenwärtigte. Er kehrte ins Schlafzimmer zurück und nahm das Buch in die Hand. Nein, er hatte sich nicht verlesen. Heiß lief es ihm den Rücken herunter. Mit zitternder Hand beendete er seine Rasur und war froh, dass es ihm gelungen war, trotz seiner Erregung, sich nicht zu schneiden. Wo war Nathalie bloß? Nervös lief er in der Wohnung auf und ab. Sein Blick fiel auf die Hausbar. Buntbesternte Etiketten luden zum Trinken ein. Etwas abseits eine Flasche mit einem schon etwas matt gewordenem Etikett. Коньяк stand darauf. Da er die kyrillische Schrift nicht lesen konnte, hielt er vorsichtig seine Nase über die geöffnete Flasche und goss sich einen ein. Prüfend ließ er das Gesöff auf der Zunge zergehen. Er tippte auf einen Weinbrand. Nach dem dritten Doppelstöckigen war die Flasche leer. Vom Magen strahlte die Wärme beruhigend auf den ganzen Körper aus. Er legte sich auf die Couch und dachte über den Sinn des Buches nach. Bisher war seine Ehe kinderlos. War er nicht verpflichtet, den Namen derer v. Thurmbach weiter zu vererben? Aber ausgerechnet mit Nathalie! Ihm gingen Namen aus dem europäischen Hochadel durch den Kopf. Hatten nicht auch in der Vergangenheit gekrönte Häupter schon Frauen aus dem einfachen Volke zu ihren Gattinnen gemacht? Auch die Söhe der heute noch Regierenden wählen Frauen, die einem konservativen Standesdenken in keiner Weise entsprechen. Nicht von Adel, geschieden, mit Kind – alles geht.

»Mag Nathalie sein wie sie will. Sie ist gesund und würde bestimmt gesunde Kinder zur Welt bringen«, ging es ihm durch den Kopf. Während er so dalag, kam er zu dem Schluss, dass er langsam das Alter für eine Vaterrolle erreicht hatte. Doch wenn Nathalie eine ledige Mutter bliebe, werden ihre Kinder nie seinen Namen tragen? Er griff noch einmal zur Flasche. Alles Schütteln half nichts – sie war leer. Er stand auf und ging im Zimmer auf und ab. Mit wem kann er darüber reden, wem sich anvertrauen? Er dachte an das Lokal, wo er Nathalie auf so erfrischende Weise kennen gelernt hatte. Dort traf man auf lebenserfahrene Trinker mit einem bemerkenswerten philosophischen Naturell. Manche waren nach mehreren Flaschen Bier zu erstaunlich tiefen Gedankengängen fähig, die weit über dem üblichen Stammtischniveau lagen und Wert gewesen wären, aufgeschrieben zu werden. Doch dann verwarf er den Gedanken wieder. Ein Austausch in aller Anonymität war nicht möglich. Man kannte ihn dort als Freund von Nathalie. Er hörte Stimmen. Nathalie und ihre Freundin Conni waren gekommen. Sie begrüßten ihn herzlich. So sehr er die Freundin schätzt, er wäre jetzt gerne mit Nathalie allein gewesen. Aber es half nichts. Er musste das gemeinsame Kaffeetrinken über sich ergehen lassen, ehe er mit ihr unter vier Augen über das Buch auf ihrem Nachttisch reden konnte. So sehr er die beiden Mädchen mochte, heute gingen sie ihm auf die Nerven. Er verabschiedete sich unter dem Vorwand noch ein paar Telefonate erledigen zu müssen und fuhr nach Hause.

»Was hat er denn?«, fragte Conni. Nathalie zog nur die Schultern hoch und wechselte das Thema. Sie erzählte von ihrer Begegnung mit Jochen, ihrer Jugendliebe, auf dem Flugplatz.

Stoisch sortierte Friedrich v.Thurmbach die Post: Rechnungen, Werbung, zwei Zeitungen und - ein Brief von seiner Frau. Nichts Gutes ahnend, öffnete er diesen zuerst. Von einem Privatdetektiv war da die Rede, der sein Verhältnis zu Nathalie herausgefunden hatte und ihre Absicht, die Scheidung einzureichen. Ein paar Fotos lagen auch dabei. Nichts verfängliches, aber auf jedem war er mit Nathalie zu sehen: beim Einkaufen, wie sie zu ihm ins Auto stieg und wie er eines Morgens aus ihrem Haus kam. Die eingeblendete Uhrzeit ließ den Schluss zu, dass er bei ihr übernachtet hatte. Er legte den Brief auf den Schreibtisch zurück und ging zur Hausbar. Sein Blick fiel auf die Flasche mit Rum. »Du trinkst zu viel«, sagte er im Selbstgespräch, während er einschenkte und sich in einen Sessel fallen ließ. Beim Trinken versuchte er, sich seiner Frau vorzustellen. Es gelang ihm nur schemenhaft. Immer wieder schob sich das Gesicht von Nathalie davor. Dabei schlief er ein.

Ein kleiner Junge mit den Gesichtszügen Nathalies spielt im Sand und bittet ihn, sich mit auf die Schaukel zu setzen. Dabei sagte er »Vati« zu ihm. Friedrich zögert. Die Seile der Schaukel erscheinen ihm, was sein Gewicht betrifft, wenig vertrauenserweckend. Er versucht den Jungen allein auf die Schaukel zu setzen aber der Kleine besteht darauf, dass er sich mit dazu setzt. Was er befürchtet, tritt ein: Ein Strick reißt und beide fallen herunter. Friedrich v. Thurmbach war aus dem Sessel gefallen und dabei aufgewacht. Das Lachen des Jungen verebbt, je mehr er zu sich kam.

»Welche Kausalität der Ereignisse«, sinnierte er. Seine Freundin denkt über eine Schwangerschaft nach oder ist schon in anderen Umständen und seine Frau will die Scheidung. Er überdachte das ihm Bevorstehende. Zuerst wird er einen Freund und Kollegen bitten, ihm im Scheidungsprozess zu vertreten. Allzu problematisch schätzte er die Situation nicht ein. Sie hatten keine Kinder, kein Haus, ihre Aktien und Konten waren seit eh und je getrennt.

Nathalie rief an und fragte, ob er über Nacht zu ihr käme und warum er gegangen sei. Er sagte zu. Da ihn die Ungewissheit nervte, fragte er am Telefon, was es denn mit dem Buch auf sich habe. Nathalie lachte: »Noch nichts. Aber wenn du es möchtest, setze ich die Pille ab.« »Darüber reden wir später«, antworte er und legte erleichtert auf.

Der Drei-Kaiser-Hof war nicht wieder zu erkennen. Im schönsten Sonnenschein leuchteten die frisch gescheuerten Biertische und vor jedem der geladenen Gäste stand ein Bierglas auf einem nagelneuen Bierdeckel, ebenso die dazugehörige Flasche. Während sonst das Prämiumpils eher die Ausnahme war, suchte man die Billigsorten heute vergeblich. Dank eines extra angemieteten Grills hatte der Wirt seine Speisekarte heute um saftige Steaks bereichert. Prinz Feldschlösschen hielt eine etwas unbeholfene Rede und gratulierte zur Verlobung. Nathalie hatte es vieler Überredungskünste bedurft, ihren Friedrich von einer Verlobungsfeier, hier im Stammlokal, in dem sie sich kennen gelernt hatten, zu überzeugen. Einige der geladenen Gäste tranken, wie sie es gewohnt waren, aus der Flasche auf das glückliche Paar und ließen die eingedeckten Gläser unberührt. Aber das beeinträchtigte die steigende Stimmung nicht im Geringsten. Als die ersten Opfer des Freibiers zu beklagen waren, steckte Herr v. Thurmbach dem Wirt noch ein paar Scheine zu und verließ fast unbemerkt von den Gästen mit Nathalie sein Fest. Nathalie wunderte sich über sich selbst. Früher wäre ihr nie der Gedanke gekommen, so eine Feier vorzeitig zu verlassen. Heute war sie froh darüber, jetzt gehen zu können. Obwohl Initiatorin dieser Fete, merkte sie in ihrem Zustand, wie es so schön heißt, dass ihr das a l l e s zu viel wurde. Erstaunt war sie über sich selbst, ein weiches Sofa zu Hause war ihr jetzt lieber als der Biertisch im Lokal.

## X

Leuchtend stand die Sonne am Horizont des Flusses. Ihr Widerschein lag wie ein roter Teppich über dem grauen Wasser, das, wie bei einem See, still zu stehen schien. Ruhe; nichts und niemand waren auf dem Fluss zu sehen.

Nur die schwarzen Umrisse von Türmen und Hochhäusern erinnerten daran, dass man inmitten einer Großstadt das Schauspiel des Sonnenunterganges erlebte.

Die Überfahrt am Schreckenstein, jenes spätromantische Bild von Ludwig Richter, ging ihm durch den Kopf. Zumal sich beide Szenen am gleichen Fluss, der Elbe, abspielten. Wie kam er darauf? Auf dem Bild überquert ein Fährboot die Elbe. Ein Harfner verdient sich musizierend die Überfahrt. Das, wenn auch leise Plätschern des Ruderns dürfte ebenfalls die Stille des Abends beeinträchtigt haben. Die Szene im Bild war nicht mit dem hier Erlebten vergleichbar. Und trotzdem, es war dieses Bild, was ihm bei diesem Naturschauspiel durch den Kopf ging. Lag es vielleicht an der gleichen Tageszeit? Die Überfahrt fand in den Abendstunden statt, wie der eben erlebte Sonnenuntergang. Vorsichtig griff Friedrich v. Thurmbach nach der Hand seiner Frau. Es war wie ein Zwang, die Harmonie der Natur auch auf die Privatsphäre wirken zu lassen. Ingrid, seine Noch-Ehefrau, ließ es geschehen. Sie drehte ihren Kopf und schaute ihn an und fragte:

»Warum musste es mit uns so weit kommen? Woher dieser Sinneswandel? War die Ehe für dich nicht auch eine Institution, die man zu wahren habe?« Ist es das Kind oder die junge Frau? Setzt sie dir die Pistole auf die Brust? Lass dich nicht erpressen, Friedrich. Ich weiß es ja jetzt und die Alimente verkraftest du allemal.« Dann legte sie ihren Arm um ihn und lächelte verschmitzt - hintergründig, als sie ihm vorschlug, die Patenschaft für sein Kind zu übernehmen. Sie schlug ihm vor, trotz der schönen Sonnenuntergänge von der Elbe wegzuziehen, um wieder mit ihm zusammen zu sein.

»Ich merke, die lange Trennung ist uns nicht bekommen.

Wir sind für eine Seemannsehe nicht geschaffen. Ich werde mit Vater reden, dass du in der Firma anfangen kannst.« Auf seinen skeptischen Blick hin, meinte sie nur: »In der Wirtschaft werden auch gute Juristen gebraucht!« Obwohl er es versprochen hatte, kehrte er an diesem Abend nicht zu Nathalie sondern mit seiner Frau in die eheliche Wohnung zurück. Sie stand plötzlich nackt vor ihm und hielt zwei Glas Sekt in der Hand. Sie sah noch gut aus für ihr Alter und er ertappte sich bei einem Vergleich mit Nathalie, dem sie, fünfzehn Jahre älter als die Freundin, ohne weiteres standhalten konnte. Es war für ihn, als stände er neben sich. Erst ihr Entschluss, sich scheiden zu lassen, ihr Auftrag an einen Privatdetektiv, alles schien nach dem heutigen Abend vergessen. Dabei sollte es bei dem heutigen Treffen um Trennungsmodalitäten gehen. Lächelnd fragte er, als sie so vor ihm stand, für welche Sektkellerei sie Reklame mache. Sie lächelte zurück und reichte ihm ein Glas... .
Ingrid lag noch lange wach, während er ruhig und ausgeglichen neben ihr schlief. Sie war sich sicher, sie liebte ihren Mann immer noch und glaubte, wieder geliebt zu werden. Sie waren nach langer Trennung über einander hergefallen, wie lange, zu lange nicht mehr.
Da war seine Freundin vergessen und auch ihre Hausfreunde, die ihr hin und wieder den Hof machten. Sie hatte einen Einfall. Wenn sie und Friedrich dieses Kind adoptierten. Dann hätte Friedrich seinen Erben, den ihm zu geben, ihr versagt blieb. Wie wird die junge Frau reagieren? Sie hatte sich an Friedrichs Seite, an einen gewissen Lebensstandard gewöhnt. Das wichtigste war, ihren Mann von diesem Mädchen weg zu bekommen und ihn nicht mehr allein zu lassen. Alles andere würde sich dann schon finden.

Nathalie saß mit verheulten Augen vor ihrem Bier. Conni hatte tröstend ihren Arm um sie gelegt, während der Prinz Nachschub holte. »Du solltest nicht so viel trinken. Denk an den Kleinen!« mahnte Conni. Nathalie wusste inzwischen, dass es ein Junge werden wird. Sie wusste auch, dass sich der Kindesvater nicht scheiden lässt und seine Ehefrau beabsichtigt, ihren Sohn zu adoptieren. Die Summe, die man ihr geboten hatte, wenn sie auf ihr Kind verzichtet, war erheblich. Außerdem hatte sich das Ehepaar v. Thurmbach verpflichtet, für zwanzig Jahre ihre Miete in Dresden, die Betonung lag auf D r e s d e n , zu übernehmen. Offensichtlich wollten sie damit verhindern, dass Nathalie ihnen nach Braunschweig folgt, um damit weiter auf Fritz einzuwirken. Als ein frisches Bier vor ihnen stand und der Prinz noch einmal weg gegangen war, meinte Conni:

»Eigentlich haben wir mit unseren Männern Glück gehabt. Meiner ist zwar tot, aber ich habe ihn vorher noch einmal kräftig abgestaubt. Deiner hat dich verlassen, lässt dich aber mit dem Kind nicht sitzen, ganz im Gegenteil er will das Kind behalten und zahlt auch noch dafür. Hunderte von alleinerziehenden Müttern würden dich beneiden. Sieh es doch mal so: Du weißt jetzt, dass du Kinder bekommen kannst und mit Geld findest du auch noch einen vernünftigen Kerl, einen richtigen Mann und nicht solche Schluckspechte und Sauftauben, wie sie hier herum sitzen.« Nathalie musste lachen und beglückwünschte die Freundin ob ihrer praktischen Denkweise. Sie schüttete das restliche Bier unter den Tisch und meinte: »Hast Recht. Er soll ein gesunder Junge werden. Ich werde ihn Johannes nennen. Das muss Fritz akzeptieren. Ich gehe jetzt.« Die Freundin drückte sie an sich, dem Prinzen winkte sie von weitem zu. Er hatte schon wieder die x-te Flasche in der Hand, die Zigarette im Mundwinkel und schwankte leicht.

Obwohl die Entbindung erst heute früh erfolgte, hatte man sie, weg von den anderen Müttern, bereits verlegt. Dass ihr Sohn gesund ist, hatte sie noch erfahren und auch der Name Johannes war akzeptiert worden. Stillen musste sie ihn nicht. Die Milch wurde abgepumpt und ihrem Sohn mit der Flasche gegeben. Sie lag in einem Einzelzimmer, wie für Privatpatientinnen üblich. Die Kosten für eine »standesgemäße« Entbindung hatten die v. Thurmbachs übernommen. Conni saß bei ihr. Traurig war Nathalie doch. Leise meinte sie: »So stelle ich mit eine Todgeburt vor.« Conni griff nach ihrer Hand. »Es ist aber besser so, glaube es mir, Nathalie – für dich, für den Jungen, für alle.« Dann gestand ihr Nathalie noch, dass ihre Eltern sich so auf ein Enkelchen gefreut hätten und sie noch nicht den Mut gehabt habe, ihnen »reinen Wein« einzuschenken. Spontan entschied Conni: »Das übernehme ich. Ich rede mit deinen Eltern und erzähle ihnen alles.«
Als Tage darauf die v. Thurmbachs ihren Adoptivsohn abholten, durfte sich Nathalie mit einem kurzen Blick in den Kinderwagen von ihm verabschieden. Ingrid v. Thurmbach umarmte abschließend Nathalie und sagte nur. »Ich danke dir.« Friedrich bekam einen langen Abschiedskuss. Nathalie war es in diesem Augenblick egal, was seine Frau dabei dachte, aber die war mit ihrem Glück um den Kleinen viel zu beschäftigt, als dass sie die beiden sonderlich beachtete.

Langsam trat der junge Mann in die Pedalen der Fahrradrikscha. Seine Passagiere waren von der leichten

Sorte. Die beiden Frauen, offensichtlich Mutter und Tochter, wogen zusammen nicht einmal einhundert Kilogramm. Sie sprachen englisch miteinander. Hin und wieder gab der Rikschafahrer ein paar Erläuterungen in ihrer Sprache, wenn sie an den Sehenswürdigkeiten der Dresdner Innenstadt vorbei kamen. Im Augenblick holperten sie am Fürstenzug vorbei, jener Ahnengalerie sächsischer Fürsten und Könige, gemalt auf tausende ockerfarbene Porzellankacheln. Die Fahrt mit der Fahrradrikscha hatte Jochen Bernemann für Pamela spendiert, die diese Gefährte sehr lustig fand. Da in diesen Rikschas nur zwei Personen Platz finden, hat er sich inzwischen in eines der zahlreichen Freiluftkaffees in der Innenstadt zurückgezogen und ihrer Mutter den zweiten Platz eingeräumt. Darüber war beinahe ein heftiger Streit entbrannt, wer denn Pamela begleiten solle. Pamela wollte Jochen. Jochen wollte nicht, dass ihre Mama allein irgendwo auf sie beide warten müsste. Mit dem Hinweis, dass er Dresden ja kennt, überzeugte er schließlich das Mädchen, ihre Mutter mitzunehmen. Was er den beiden nicht verriet: Ihn interessierte die Stadtgeschichte wenig. Irgend wann hatten sie das in Heimatkunde gelernt, wer welches Bauwerk erbaut hatte und wann. »Was soll es!«, dachte er. Natürlich gefiel ihm die neu erstandene Frauenkirche. Aber das er sich deshalb mehrere Stunden anstellte, um sie besichtigen zu können, kam für ihn nicht in Frage. Die Nobelkarossen vor dem Hilton-Hotel und deren Kennzeichen faszinierten ihn mehr als der sagenumwobene Daumenabdruck August des Starken auf dem Geländer der Brühlschen Terrasse. Langsam schlenderte er die Brühlsche Gasse zur Elbe hinunter. Da hörte er hinter sich quietschende Reifen, ein Knirschen und das Splittern von Glas. Jochen traute seinen Augen nicht. Ein silberfarbener Rolls Royce hatte die Einfahrt zur Tiefgarage verfehlt. Der Schofför, ein noch jugendlicher Hotelpage, war mit einem Wagen dieses Ausmaßes offensichtlich überfordert. Leicht zitternd, den obligatorisch-blöden Zylinder in der Hand, stand er neben sich und dem Geschehen. Die Gemeinde der Gaffer wurde immer größer. Wie oft bekommt man schon einen Rolls Royce zu sehen und dann noch einen an die Wand gesetzten! Jochen betrachtete mit Kennerblick den Schaden: linker Kotflügel nebst Doppelscheinwerfer kaputt, Fahrertür leicht verzogen; die Reparaturkosten dürften dem Preis eines Kleinwagens entsprechen. Während er noch um den Unfallwagen herumschlenderte, näherte sich von unten kommend eine Fahrradrikscha und hielt. Ein Durchkommen war unmöglich. Der Rikschafahrer wollte gerade wenden, da rief die ältere der beiden Insassinnen: »Jochen, hier sind wir!« Mutter und Tochter beendeten ihre kleine Stadtrundfahrt, bezahlten und ließen sich von Jochen den Unfall beschreiben. Pamela war ganz erstaunt, hier in Dresden einen einheimischen Wagen anzutreffen.

»Aber der hat doch sein Lenkrad links«, stellte sie erstaunt fest. Jochen erklärte ihr, dass englische Autos, die für den Export auf das Festland bestimmt sind, alle so umgerüstet werden.

»Wenn deutsche Autos für dein Heimatland bestimmt sind, Pamela, erhalten sie ihre Lenkung rechts.« Inzwischen hatte ein qualifizierter Boy den Wagen in die Tiefgarage gefahren und die Menge zerstreute sich allmählich. Die meisten der Zuschauer, die das Geschehen kommentierten, bedauerten den Pagen ob seines Missgeschicks und der drohenden finanziellen Folgen für ihn. Zu dritt schlenderten sie auf der Wilsdruffer Straße entlang. Bevor sie den Pirnaischen Platz erreichten, versperrte die lebensgroße Figur eines Mannes, ganz in Gelb, den Weg.

»A yellow man!« rief das Mädchen erstaunt. Der Mann hielt ein Schild in den Händen und zeigte auf das kleine Geschäft eines Optikers, das sich unter Arkaden versteckte. Während Pamela die Hände seitlich an das Gesicht haltend die Stirn an die Schaufensterscheibe gepresst, neugierig ins Ladeninnere spähte, erfreute sich ihre Mutter an einem schönen Strauß Sommerblumen, die auf einem kleinen Tisch stehend, vom Seitenfenster aus zu sehen waren.

## XI

Nichts Gutes ahnend betrat Nathalie das Notariat. Nachdem man ihre Personalien überprüft hatte, fragte sie der Notar ohne Umschweife: »Frau Brückner sind Sie bereit ihr Kind Johannes von Thurmbach, seit drei Wochen Vollwaise, anzunehmen?«

Der Pilot des Kleinflugzeuges gab Gas und zog den Steuerknüppel an. Sand, Palmen und das türkisfarbene Wasser verschwanden aus dem Blickfeld seiner Passagiere. Kein Horizont war zu sehen, als sich das Flugzeug in den wolkenlosen Himmel schraubte. Ingrid v. Thurmbach schmiegte sich an ihren Mann und brüllte in den Motorlärm hinein: »Wie eine zweite Hochzeitsreise!« Ihr Mann lächelte bejahend zurück. Es war der erste Tag ihres Karibikurlaubes, an dem sie sich von ihrem Söhnchen zu diesem nachmittäglichen Rundflug verabschiedet hatten und ihn in der Obhut einer Kinderfrau im Hotel beließen. Etwas wehmütig war es Ingrid schon. Aber der Flug bei diesem Bilderbuchwetter hielt ihren Kummer in Grenzen. Plötzlich Stille. Der Motor schwieg. Der Pilot stellte die Propellerschraube sofort auf Gleitflug. Die Maschine stabilisierte sich. Anlassversuche misslangen. »Wir schaffen es!« Damit beruhigte der Pilot seine Fluggäste, denen das Lächeln aus dem Gesicht gewichen oder eingefroren war. Die Ruhe wurde nur durch das Rauschen des Fahrtwindes unterbrochen. Als man das Land unter sich sah, ging ein Aufatmen durch die Reihen. Obwohl dem Piloten das verschwitzte Hemd am Körper klebte, machte er einen ruhigen Eindruck. Fast erleichtert zeigte er auf eine Wiese am Horizont, die er sich als Notlandeplatz auserkoren hatte.

»In drei Minuten sind wir unten.« Das waren seine letzten Worte … .

Ein paar Bauern von einer Kakaoplantage hatten das Flugzeug im Sinkflug kommen sehen. Dann war es plötzlich vornüber gekippt und krachend aufgeschlagen. Es ging sofort in Flammen auf. Der Pilot und seine fünf Insassen waren tot. Unter den Toten zwei Deutsche, das Ehepaar v. Thurmbach, zwei Männer aus Irland und eine einheimische Hotelangestellte, die Freundin des Piloten. Ihre europäischen Gäste zwangen die Inselbehörden, den Vorfall genau zu untersuchen, da diesbezügliche Angaben nach den Ursachen des Absturzes, insbesondere vom deutschen Auswärtigen Amt, zu erwarten waren. Der Motor hatte sich überhitzt und deshalb kam es zu einem »Kolbenfresser«. Aber die eigentliche Unfallursache war eine Windböe entgegen der Flugrichtung. Auf Grund seiner verminderten Manövrierfähigkeit konnte der Pilot nicht mehr ausweichen und stürzte aus etwa dreißig Metern steil ab. Im Nachhinein stellte sich noch heraus, dass erforderliche Wartungsintervalle nicht eingehalten worden waren. Aber das nützte den Toten auch nichts mehr. Das tragische Ereignis war Stoff für die Inselpresse und von Fernsehstationen. In der Berichterstattung interessierte das Schicksal des wenige Wochen alten Jungen, der, hier in der Fremde, über Nacht Vollwaise wurde, bald mehr, als die sechs Toten in der Maschine.

Der Rest ist kurz erzählt. Das bisher kinderlose Ehepaar v. Thurmbach hatte keine weiteren Angehörigen, die bereit gewesen wären, den Adoptivsohn anzunehmen. Und so erinnerte man sich an die Kindesmutter in Dresden.
»Darf ich Johannes meinen Familiennamen geben?«, fragte Nathalie. Der Notar nickte ein »Ja« und schlug ihr vor, einen Rechtsanwalt damit zu beauftragen. Letztlich lief das Verfahren darauf hinaus, die Adoption rückgängig zu machen.

Das Wasser der Weißeritz glitzerte im Sonnenschein. Unter den Bäumen am Ufer war es im Schatten erträglich. Johannes stolperte in die ersten Gehversuche. Für seine Stabilität sorgte ein kleines Entchen, das er an einem Strick hinter sich her zog. Das Entenküken war aus gelber Plaste, das Fahrgestell in grün und vier kleine rote Räder bemühten sich, das Gefährt vor dem Umkippen zu bewahren. In der rechten Hand den Strick mit dem Küken, die Linke in Mamas Hand, so stapfte er geradewegs auf den Drei-Kaiser-Hof zu. Währen sich Nathalie einen Kaffee bestellte, bekam Johannes aus der mitgebrachten Nuckelflasche kühlen Saft eingeflößt. Jetzt am Nachmittag waren vor allem die schattigen Plätze im Freien alle besetzt. Aber für die Stammkundin rückte man auf der Bierbank bereitwillig zusammen. Die Männer waren guter Laune. Einer spielte auf Nathalies weihnachtliche Striptease an und meinte, dass es heute viel einfacher wäre, da sie weniger an hatte. Zweifellos war in dieser Anspielung ein Kompliment für ihre Figur enthalten, die nach wie vor die Blicke der Männer anzog. »Nathalie, wenn ich dir in den Ausschnitt schaue, sehe ich deine blauen Schuhe«, scherzte einer und spendierte ihr ein Bier. Anstandshalber protestierte sie. Die leichte Röte in ihrem Gesicht rührte eher von der Hitze als vom Schamgefühl. Gut stand ihr das Rot, egal was es bewirkte.

# Nachwort

Liebe Leserinnen und lieber Leser!

Ich selbst habe als Kind fünf Jahre in Löbtau gewohnt, bis meine Eltern in den Dresdner Osten zogen. Verwandtschaftliche Kontakte und andere Bindungen sorgten dafür, dass bis heute der Kontakt zu diesem Stadtteil Dresdens erhalten blieb. Insofern trägt die Erzählung auch autobiografische Züge.

Nun werden Sie sich fragen: »Hinter welcher Person verstecke ich mich?« Um ehrlich zu sein – ich muss selber darüber nachdenken und komme zu dem Schluss, dass ich e i n e r Person faktisch nicht zuordenbar bin. Ich sehe mich als eine Mischung aus Friedrich v. Thurmbach und Friedemann Feldmann, kurz »Prinz« genannt.

Einige Ereignisse aus diesem Buch haben sich tatsächlich zugetragen und ich habe sie persönlich noch in Erinnerung. Es ist nicht alles Dichtung, vieles ist Wahrheit.

PETER BESSER